Lothar Goldschmidt

Liebe bei den italienischen Lyrikern des 13. Jahrhunderts

Lothar Goldschmidt

Liebe bei den italienischen Lyrikern des 13. Jahrhunderts

ISBN/EAN: 9783743376274

Hergestellt in Europa, USA, Kanada, Australien, Japan

Cover: Foto ©Andreas Hilbeck / pixelio.de

Manufactured and distributed by brebook publishing software
(www.brebook.com)

Lothar Goldschmidt

Liebe bei den italienischen Lyrikern des 13. Jahrhunderts

Die Doktrin der Liebe bei den italiänischen Lyrikern des 13. Jahrhunderts.

Inaugural-Dissertation,

welche

nebst den beigefügten Thesen

mit Genehmigung der

philosophischen Facultät der Universität Breslau

zur Erlangung der Doctorwürde

Mittwoch, den 30. Januar 1889, Mittags 12 Uhr

im Musiksaale der Universität

gegen die Herren Opponenten

Max Goldstaub, Dr. phil.
Richard Wendriner, Drd. phil.

öffentlich verteidigen wird

Lothar Goldschmidt

aus Breslau.

Breslau.
Wilhelm Koebner,
1889.

Seinen theuren Eltern

in Liebe und Dankbarkeit

gewidmet

vom

Verfasser.

Grundlegend für die nachstehende Arbeit waren die Werke von Gaspary: „Die Sicilianische Dichterschule des dreizehnten Jahrhunderts" Berlin 1878. und „Geschichte der italienischen Literatur" I, Berlin 1885.

Die sonst benutzten Quellen sind jedesmal citiert. Häufiger wiederkehrende Abkürzungen sind:

- D'Ancona. (D'Ancona e Comparetti, Le Antiche Rime Volgari. Bologna vol. I 1875, II ibid. 1881, III 1884, IV 1886, V.*)
- Ercole. (Pietro Ercole, Guido Cavalcanti e le sue rime, Livorno 1885).
- M. W. (Mahn, Die Werke der Troubadours, Bd. 1 u. 2, Berlin 1846, 1855).
- M. G. (Mahn, Die Gedichte der Troubadours, 4 Bde. Berlin 1856—1873).

---

*) Die Benutzung des 5. Bandes vor dessen eben erst erfolgter Publikation war mir vergönnt.

Die Auffassung der Minne kam den Italiänern im 13. Jahrhundert mit der Liebesdichtung selbst aus der Provence. Auch in Italien fanden die Dichter, welche meist der gebildeten und gelehrten Welt angehören, Gefallen an der Lehrhaftigkeit und abstrakten Betrachtung, welche für die provenzalische und altfranzösische Hofpoesie so charakteristisch waren. Was die Italiäner am meisten beschäftigt, ist die Frage nach dem Wesen und Ursprung der Minne. Dieses Problem ist von den verschiedenen Richtungen der Poesie des Ducento aufgeworfen, und wenn auch nicht immer originell, doch in mannigfacher Weise beantwortet worden.

I.
Die Allegorie der Liebe.

Die Troubadours entlehnten die Personifikation der Liebe der klassischen Tradition des Mittelalters. Sie kleideten Amors in ein sehr unscheinbares allegorisches Gewand. Die Minne war ihnen ein weibliches[1]) Wesen mit Pfeil und

---

[1]) cfr. Diez, Poesie der Troubadours, pag. 123: „Selten wird Liebe als männliches Wesen gedacht wie bei Folquet de Marseille: El dieus d'amor m'a nafrat de tal lanza." Hierbei handelt es sich indes nicht um eine Personification des Begriffes amors, sondern es ist einfach mit direkter Anlehnung an die römische Litteratur von einem Gotte der Liebe die Rede.

Bogen, welches das Herz der Liebenden traf und verwundete. Ganz so allgemein ist die Darstellung Amore's in der ersten Epoche der italiänischen Litteratur; nur mit dem Unterschiede, dass Amore hier als männliches Wesen gedacht wird. Der Grund dafür liegt in dem Geschlechtswandel, welchen das lateinische Substantiv amor im Provenzalischen²) erfuhr, während es im Italiänischen Maskulinum blieb. Selten begegnet eine ausführlichere Allegorie in der Provence, und wenn dies der Fall ist, so lässt sich immer eine didaktische Tendenz dabei erkennen. Wir haben es dann also mit einer allegorisch-lehrhaften Dichtung zu thun, welche hier allerdings nicht so ausgebildet ist, wie in Nordfrankreich, ihrer eigentlichen Heimath. In der klassischen Dichtung ist die Allegorie eng verbunden mit der Mythologie, ihre Anwendung ist das natürliche Ergebnis der pantheistischen Anschauung des Volkes. Im Mittelalter dagegen dient sie der symbolischen Darstellung allgemein didaktischer Tendenzen der Religion, der Moral und der Liebe und verliert infolge dessen ihre phantasiereiche Originalität und ihre lebendige Frische. So haben wir ein allegorisches Gedicht der Minne des **Guiraut de Calenson**³) überkommen, welches von den meisten seiner Zeitgenossen nicht verstanden wurde und erst des Commentars von **Guiraut Riquier** bedurfte, damit sein versteckter Sinn klar wurde. Guiraut von Calenson handelt hier von dem „geringeren Drittel" der Liebe, **del menor tertz d'amor**⁴), wie er sie zum Unterschiede von der gött-

---

²) Diez, Poesie der Troubadours, pag. 122.
³) Bartsch, Chrestomathie 165: A leis cui am de cor e de saber.
⁴) Guiraut Riquier unterscheidet in seinem Commentar (Mahn, Werke IV, 210) 3 Arten der Liebe und zwar:
   a. Amors celestials. Diese besteht in der Liebe zu Gott, in der Befolgung seiner Gebote und überhaupt in dem Wandel auf dem Wege des Rechten. (Mahn, Werke IV, v. 124—135).
   b. Amors naturals. Diese ist die Liebe zum Nächsten, insbesondere zum Blutsverwandten (Eltern, Kindern). Damit hängt zusammen das Streben nach Erwerb und die Mehrung des zeitlichen Besitzthumes. (Mahn, Werke IV, v. 135—155).

lichen und verwandtschaftlichen Liebe nennt. Die Minne, deren Eigenschaften hier genau beschrieben werden und deren Attribute eine goldene Krone, goldene, stählerne und bleierne Geschosse sind, wohnt in einem Palaste, in den fünf Thore führen. Um hinein zu gelangen, muss man vier Stufen erklimmen. Jedes Thor sowie jede Stufe hat einen ganz bestimmten symbolischen Sinn und bedeutet je eine der graduell verschiedenen Eigenschaften, durch welche man des höchsten Liebesglückes theilhaftig wird. Nach Guiraut Riquier sind die vier Stufen onrars, celars, servirs und sufrirs. Auf die vier Phasen, die der Liebhaber beim Minnedienste durchzumachen hat, spielt auch ein domnejaire[5]) an. Zuerst muss der Bewerber ein Liebäugelnder, darauf ein Bittender, dann ein Hoffender sein, bis er end-

---

c. Amors carnals, die Liebe zwischen Mann und Weib (Mahn, Werke IV, v. 155—172).

Matfre Ermengau, der Verfasser des Breviari d'amor verfährt mehr nach scholastischer Methode. Er scheidet zunächst erschaffene Liebe amors creada von unerschaffener. Unter letzterer versteht er die der Dreieinigkeit, die gegenseitige Liebe des Vaters und des Sohnes, welche durch Vermittelung des heiligen Geistes zustande kommt. Die geschaffene Liebe entstammt der Natur, welche personificirt ist und zwei Kinder hat, nämlich:
  a. dreg de natura,
  b. dreg de gens.

Jedes von ihnen hat wiederum 2 Töchter, welche jede den Namen Liebe führen, aber dennoch von einander verschieden sind. Die Töchter von dreg de natura sind die Gatten- und die Kindesliebe, die von dreg de gens Gottes- und Nächstenliebe einerseits und das Streben nach irdischen Gütern andererseits (cfr. breviari 261 ff.). Die einzelnen Bezeichnungen dieser Liebesarten sind unter dem Baume der Liebe allegorisch verkörpert.

[5]) Herrigs Archiv 34, 425:
    Quatre scalos a en amor:
    Lo premiers es de feignedor
    El segon es de prejador
    E lo tertz es d'entendedor
    E al quart es drutz apelatz.

lich ein Geliebter (drutz) wird.⁶) Sind auch die Erklärungen Guiraut Riquier's von denen des domnejaire etwas abweichend, so weiss man doch ungefähr, was mit dieser Symbolik der Troubadours gemeint war.

In Italien kehrt solche Allegorie in einem Sonett⁷) des Abbate di Tiboli wieder. Der Abt macht dem Liebesgotte darüber Vorwürfe, dass er bei seiner Dame keine Erhörung finde, obwohl er die vier Stufen erstiegen habe:

    E son montato per le quatro scale
    E son m' asiso e dato⁸) m'ai feruto
    Delo dardo del'auro ond' ò gran male:
    E per merzede lo cor m'à' partuto:
    Di quello delo piombo fo altretale
    A quella per cui questo m'è avenuto.

Die Vorstellung, dass Amore zweierlei Pfeile bei sich führe, die einen von Gold, um Liebe zu erregen, die andern von Blei, um Liebe zu verscheuchen, stammt von Ovid.⁹) Bei den Geschossen Guiraut's von Calenson ist die Ovidische Deutung gänzlich verloren gegangen. Die Wirkung des dart d'acier erklärt Guiraut selbst, sie ist das Gefallen, welches nach der provenzalischen Theorie der Anblick der Dame erzeugt:

    E fier tan fort que res nol pot gandir
    Ab dart d'acier, don fal colp de plazer.

Die goldenen Pfeile sind nach Guiraut Riquier die Verheissungen der Dame, woraus die Hoffnung des Liebhabers

---

⁶) Fenher ist ohne üble Nebenbedeutung und heisst nicht „sich verstellen", sondern etwa „liebäugeln", „das Anzeichen einer Empfindung geben"; der preiaire bringt die Liebesgefühle vor, der entendeire hat schon einen Beweis' der Gunst erhalten, er hofft weiter, drutz endlich ist schon mit einem Kusse oder mehr beglückt worden.

⁷) D'Ancona CCCXXVI. Dieses Sonett gehört zu einer Tenzone zwischen dem Abt und Jacopo da Lentini. Über die Beziehung zu Guiraut de Calenson cf. Gaspary. Zeitschrift f. rom. Phil., X, 586.

⁸) vielleicht e d'alto.

⁹) Ovid, Metam. I, 468:
    Eque sagittifera prompsit duo tela pharetra
    Diversorum operum; fugat hoc, facit illud amorem.

auf Erfüllung seines Herzenswunsches entspringt; den bleiernen Pfeil aber interpretiert er als l'acabamen d'est' amor. In Italien ist von den drei Pfeilen Amore's bei Guido Cavalcanti (Ercole, son. XXII) die Rede:

> La prima dà piacere e disconforta,
> E la seconda disia la vertute
> Della gran gioia che la terza porta.

Auch bezüglich dieses Sonettes hat Gaspary auf das Gedicht Guiraut's von Calenson verwiesen.[10] Die beiden erwähnten italiänischen Sonette scheinen zugleich die einzigen damaligen Gedichte zu sein, welche eine genauere Schilderung des Liebesgottes enthalten. Erst am Ende des dreizehnten Jahrhunderts gewinnt die allegorisch-didaktische Dichtweise in Italien ein weites Feld, als der Einfluss Nordfrankreichs rege ward, welches in dem Rosenroman diese poetische Gattung am Vollendetsten zum Ausdruck bringt. Dabei beschränkt sich aber die Allegorie nicht bloss auf die Personifikation der Liebe, sondern alle Affekte und alle Tugenden und Laster erscheinen allegorisch verkörpert.

II.
Theorie der Liebe.

Die Theorie der Liebe, welche der eigenthümliche Geist jener Zeit schuf, gipfelte vornehmlich in der Lösung der Probleme des Ursprungs, des Wesens und der Wirkung der Liebe. Inbezug auf den ersten und letzten dieser Punkte haben die italiänischen Lyriker den provenzalischen Ideenkreis nicht verlassen, wenn sie auch dem Gegenstande ein grösseres Interesse zuwenden, als er es in der Provence gefunden hatte. Dem provenzalischen Muster getreu bleibend, wiederholen sie die hergebrachten Phrasen vom „Sehen und Gefallen" und vom theils heilsamen,

---

[10] In der Recension über Ercole, Guido Cavalcanti e le sue rime. cf. Litteraturblatt für germ. und rom. Philologie 1886, fol. 336.

theils verderblichen Einflusse Amore's, jenachdem dieser dem Liebhaber wohl oder übel gesinnt ist. Die seit dem Erscheinen von Gaspary's Sicilianischer Dichterschule durch die Publikation einer grösseren Anzahl von Denkmälern vermehrte Litteratur jener Epoche bietet der Beobachtung diesbezüglich keine wesentlich neuen Gesichtspunkte dar. — Amore ist ein Wohlgefallen, welches hervorgerufen wird durch den Anblick (vedere) der Dame. Der Sitz dieser Empfindung ist das Herz, in welchem die einmal erwachte Sympathie durch beständiges Denken (pensar) zum Verlangen (disio) gesteigert wird. — Die Wirkung Amore's äussert sich darin, dass er den Liebhaber tüchtig und trefflich macht, ihm Heiterkeit und Freude verleiht und alle ritterlichen Vollkommenheiten giebt. Andererseits bringt Minne Kummer und Sorgen, Seufzer und Thränen, wenn Madonna den Bewerbungen abhold ist; aber auch in diesem Falle bleibt Liebe das geeignete Mittel zum Erwerb sämtlicher höfischer Tugenden.

Was den Ursprung der Liebe anbetrifft, sagten also die Provenzalen und Italiäner folgendes:

Aimeric de Pegulhan. M. G. 737.
> Perque tuit li fin aman
> Sapchan qu'amors es fina bevolenza
> Que nais del cor e dels huelhs sens duptar.

Matfre Ermengau, Breviari d'amor. v. 29386.
> Quar est'amors pren naissensa
> Dels huelhs e del cor d'aimadors;
> Quar el cor s'engenra l'amors
> Ab l'aiutori del vezer
> Que adutz ins el cor plazer.

D'Ancona CMXLVIII, 9.
> Amore è un solicito pensero
> Continuato sovr' alcun piacere
> Che l'occhio à rimirato volontero;
> Sicchè imaginando quel vedere
> Nascende Amor, ched è segnore altero.

D'Ancona CCLXXVI, 15.
> Al mio parere, amore
> Continovo à pensiero,
> Ed a placier si move primamente,
> E nel momento alore
> Al cor prende suo stero.

D'Ancona CCCXXXVII.
> Dal cor si move un spirito in vedere
> D'in ochi'n ochi, di femina e d'omo,
> Per lo qual si concria uno piacere.

Ser Cione, D'Ancona DXVII, 9—11.
> Dumque prende amore veder del viso
> Che porgie al'omo piaciere, in tale punto
> Ch'amor si mette ove non era messo.

So kommt Amors zwar durch das Anblicken des geliebten Gegenstandes zum Dasein, ist aber selbst unsichtbar.

Rayn. Choix III, 315.
> Amors, que es us esperitz cortes
> Que nos laissa vezer mas per semblans.

Guiraut de Calenson, MW. IV, 216.
> Tan es subtils c'om non la pot vezer.

Guido delle Colonne[1]). Val. I. 186.
> Amore è uno spirito d'ardore
> Che non si può vedere.

D'Ancona CCXCII, 14.
> L'Amor sempre mi vede
> Ed àmi in suo podere;
> Eo non posso vedere
> Sua propia figura.

Ugo di Massa di Siena, D'Ancona CCCXL.
> Amore fue invisibole creato,
> Però invisibole ven la'namoranza.

---

[1]) Citirt nach Gaspary „Sicilianische Dichterschule" pag. 68.

Daher heisst es wohl auch in einem Sonett des Mastro Franciesco (D'Ancona DII) anstatt:

„Molti l'Amore apellano dietate,
Perch'om visibolmente lo comprende."

richtiger: „n'ol comprende", wie D'Ancona bemerkt.

Mitunter, aber selten wird auch dem Gehörssinn ein Antheil an der Entstehung Amore's vindicirt.

Guiraut Riquier, MW. IV, 302.
El dart intra ses dopte
Per huelhs o per aurelhas
De totz sels o de selas
Que fier de dart agut.

D'Ancona CCCLI.
E ven delo vedere e d'udienza.

Der Sitz dieser Empfindung ist ausschliesslich das Herz.

D'Ancona CCCXXXVII.
Dentro dal core si pone a sedere
Ca nom poria im più sicuro domo.

In Bologna war es dann, wo man zum ersten Male nicht mehr schlechthin die These von core, sondern von cor gentile aufstellte. Guido Guinicelli hatte dieses neue Schlagwort erfunden und in origineller und poetischer Weise gedeutet; es fand vielen Beifall und wurde nachher einer der geläufigsten Gemeinplätze der florentinischen Schule.

Von Bologna aus scheint auch schon Chiaro Davanzati beeinflusst zu sein, bei dem sich dieser Ausdruck sehr häufig findet. Er giebt uns auch eine Definition von cor gentile, die insofern sehr interessant ist, als sie von der Guido Guinicelli's, wie wir später sehen werden, gänzlich verschieden ist; denn Chiaro will cor gentile noch vollständig im Sinne der provenzalisirenden Dichter verstanden haben. Er sagt:

D'Ancona CCLIII, 11.

> Ch'Amor è dato a cui
> A cortesia, à presgio ed à piacere:
> E per merzè cherere
> Passar dureza e divenire umile;
> E questo è cor gentile.

Und so braucht er dieses Wort, wie erwähnt, zu wiederholten Malen.

D'Ancona CCXXXV, 33.

> Audit' agio nomare
> Che 'n gentil core amore
> Fa suo porto . . . .

D'Ancona CCLIX, 15.

> Ove dimera e posa
> Cortesia e valore? — in gientil core,
> Ch'altrove nom poria far dimoranza.

Höchst bedeutsam war nach der provenzalischen Theorie die Minne für die Vollkommenheit des Menschen. Ohne Liebe giebt es weder Werth noch Tüchtigkeit.

Gaucelm Faidit. MW. II 105, MG 440.

> Nulhs hom non pot ses amor far que pros
> Si noi enten e noi a s'esperanza,
> Quel jois d'amors es tan fis e tan bos
> Que contra leis non es mas benanansa,
> E per amor ten hom son cors plus gent
> E'n val hom mais e n'esfors' e n'assaia
> De pretz aver e de valor veraia.

Ohne Liebe hat das Leben keinen Reiz.

Bernart de Ventadorn, MW I, 36.

> Ben es mortz qui d'amor no sen
> Al cor qualque doussa sabor,
> E que val viure ses amor ,
> Mas per far ennueg a la gen?

Denn sie ist die Triebfeder zu jeglichen guten und edlen Handlungen; alls was Ruhm und Ehre, was Glück und Zufriedenheit bringt, es geht von der Liebe aus.

Aimeric de Belenoi, MG. 904.

> Quar s'es ben enamoratz.
> Li fag el ditz el solatz
> Seran plus ric quel devers,
> Qu'amors non es mas plazers
> E tug bel captenemen
> Movon d'amor legalemen.

Pons de Capduelh, MW. I. 348.

> Astruex es selh cui amors ten jogos,
> Qu'amors es caps de trastotz autres bes.

D'Ancona CMXLIV.

> D'Amor vene ad om tutto piacere,
>
> D'Amor è l'om cortese a suo podere,
>
> D'Amor è ch'om si fa largo tenere,
>
> D'Amor è l'om ardito e sa valere;
> D'Amor ven tutto ben communemente.

Piero della Vigna, D'Ancona XL.

> Amor da cui move tuttora e vene
> Presgio e larghezza e tutta benenansa.

Gebrechen, Untugenden und Laster, die Allgewalt Amores verwandelt sie in Vorzüge und Tugenden. N'At de Mons, welcher allerdings schon der zweiten Hälfte des 13. Jahrhunderts angehört, hat davon eine ganze Litanei geschrieben. Sie ist von Matfre Ermengau citiert und beginnt (breviari d'amor 27878)[2]:

---

[2] Es ist wahrscheinlich das Bruchstück eines längeren Lehrgedichtes. cf. Wilhelm Bernhard, die Werke des Troubadours N'At de Mons (Altfranz. Bibl. XI. pag. XIII).

> Sapchon li fin aman
> Que per amor si fan
> L'erguelhos humilieu
> E l'avol esforsieu
> El peresos espert
> E pros saben e cert.
> u. s. w.   u. s. w.

Bonagiunta, Val. I, 50.

> Chè Amore à in sè vertude,
> Del vil uom face prode;
> S'egli è villano in cortesia lo muta,
> Di scarso largo a divenir lo aiuta.

Amore verfehlt indes seine vielgepriesene Wirkung, wenn die Zuneigung nicht auf Gegenseitigkeit beruht.

Bernart de Ventadorn, MW. I, 34.

> En agradar et en voler
> Es l'amors de dos fis amans;
> Nulla res noi pot pro tener
> Silh voluntatz non es engans.

Mastro Franciesco, D'Ancona CDXCVII.

> Se non si move d'ogni parte amore,
> Sì dal, amato come dal amante,
> Nom può molto durar lo suo valore;
> Chè mezzo amore nè ferm' è nè stante.

Ciuncio, D'Ancona CCCXVII, 8.

— — — — —

> Cioè che piacimento
> Non dà veraciemente
> Se no là duve semelianza vede.

Daraus nun erklärt es sich, dass Liebe oft auch als Ursache alles Unglücks und Elends betrachtet wird.

Raimbaut de Vaqueiras. MG. 273.

> C'Amors tol mais que no vol dar,
> Que per un be vei cen mals far
> E mils pesars contra un plazer.

Marcabrun, MW. I, 50.

>Fams ni mortaldatz ni guerra
>Non fai tan de mal en terra
>Com Amors qu'ab engan serra;
>
>Escoutatz:
>
>Qu'an vos veira en la bera
>Non sera sos huelhs mulhatz.

Chiaro D'Avanzati, D'Ancona DLVII.

>Molti omini vanno ragionando
>Diciendo che l'amore è degna cosa
>E facie il folle assai gire amendando,
>Lo scarso, largo con graza copiosa:
>Lo nescie, ben saciente sermonando.
>Lo vile, pro' e la noia gioiosa;
>Ed io nel tutto questo vo negando;
>Ch'Amore è cosa tutto disagiosa,

Daher denn oft in dieser Lyrik die Klage laut wird, dass Amore kein Wesen von Fleisch und Blut ist, an dem man sich für alle erlittene Unbill rächen möchte.

Bernart de Ventadorn, MW. I, 29.

>Amors m'a mes en soan
>E tornat a nonchaler;
>E s'ieu la pogues tener,
>Per Christ, ben feira feunia.

Ugo di Massa di Siena, D'Ancona CCCXL.

>O Deo, che'mvisibol lo faciesti,
>Di tanto meno li piacesse in grato[3]
>Che, quanto ofende, ofender li potesse.[4]
>Di sì gran segnoria che li desti
>Tornasse d'invisibol incarnato,
>Che s'omo lo colpisse ch' e' sentisse!

---

[3]) Vielleicht: Di tant' almeno ti piacesse (= ti venisse in grato (?)

[4]) Vielleicht: offendersi.

Wer indes so, einer augenblicklichen Stimmung folgend, über Minne zu urtheilen sich vermass, durfte keinen Anspruch darauf machen, für einen leals amaire gehalten zu werden; man nannte ihn vielmehr einen Lügner oder Schmäher, der in die Mysterien der Liebe nicht eingeweiht sei. So beschäftigt sich z. B. Matfre Ermengau in einem grossen Abschnitte des breviari d'amor damit, die Äusserungen der Troubadours für und wider Amors gegen einander abzuwägen, um jedesmal zu dem Schlusse zu gelangen, dass alles, was die Dichter Schlechtes darüber gesagt hätten, ein grosses Unrecht sei. Unter Anderen nimmt er auch auf Raimon Jordan Bezug. (Breviari 28282):

> Mas ieu sai be que non es fis amaire
> Ni leals hom que diga mal d'amor;
> Enans vos dic qu'es vers amor bauzaire.

Man kann zwar auch, sagt Matfre Ermengau, in der Liebe zu Schaden kommen, dann aber hat nicht Amors die Schuld, sondern der Liebhaber, welcher nicht in der geeigneten Weise dient. Desgleichen nennen auch die Italiäner Amore einen bald milden, bald strengen Gebieter, der je nach Verdienst belohnt oder bestraft.

Pacino di Ser Filippo, D'Ancona DCXXX.

> Amor ch' è giusto, sagio e canosciente
> Tra li bon servidori à questo usato:
> Siccom'omo lo serve lealmente.
> Secondo speri d'esser meritato.
> Ciascun non serve tutto igalemente;
> Però non ànno iguali gioco e grato.

Chiaro Davanzati, D'Ancona CCCL.

> Cui trova bon, di sè li dona parte,
> Con alegreza inalza lo suo stato.

Dem Einflusse Amores kann sich niemand entziehen; über wen erst einmal diese Leidenschaft Gewalt gewonnen hat, der steht unbedingt unter ihrer Herrschaft, er mag wollen oder nicht.

Folquet de Marseille, MW I, 319.
> Però d'amor lo ver vos en dirai;
> Nom lais del tot ni no m'en puesc mover.

Ademar de Rocaficha, Breviari d'amor 28571:
> E non la pot hom mover
> Pueis vol remaner.

Und ähnlich die Italiäner:

Notaro Giacomo, D'Ancona CCCXXXVI.
> Però che sono sotto altrui sengnoria
> Nè di meve non ò niente affare.

D'Ancona CCCLXXXV.
> E vegio che mi spiacie e sì lo sdegno,
> E pur mi sforza mia voglia d'amare:
> Ormai in potestate altrui mi tengno,
> Se 'l mio piacier di me non posso fare.

Wie die Freiheit des Willens, so raubt auch Amore den Verstand. Ein Verliebter, hiess es, handelt thöricht.

Peire Raimon von Toulouse, MW I, 137.
> Quar ben conosc per usatge,
> Que lai on amors s'enten
> Val foudatz en luec de sen.

Guiraut Riquier, MW. IV. pag. 216. v. 159.
> E tol sen e saber
> A totz, pus n'a poder.

Mastro Rinucino, D'Ancona CDXCVI.
> Chè quando Amor tene om im sua balia
> Toglili savere e canoscienza:
> Però lo move a far ogne follia.

Franciesco da Camerino, D'Ancona DCXCV.
> Ch'egli è segnore, chi gli si consente,
> Ched el gli toglie arbito e volontate.

Was mit dieser Thorheit gemeint ist, ergiebt sich aus der Vergleichung mehrerer solcher provenzalischer und italiänischer Stellen. **Foudatz**, follia ist sehr häufig die im Rausche der Leidenschaft begangene Thorheit. Diese ist keineswegs verwerflich, sondern gilt als Wahrzeichen echter Liebe.

> Raimon de Miraval, MW. II 123.
>> Ben es savis[5]) a lei de tos
>> Qui drut blasma de folejar,
>> Qu'om, pueis se sap amezurar
>> Non es pueis adreg amoros;
>> Mas sel que sap far nessies,
>> Aquel sap d'amor tot quan es.
>
> Guido delle Colonne, D'Ancona CCCV, 53.
>> Amor fa disviare li più sagi,
>> E chi più ama men à im sè misura.
>
> Rustico Filippo, D'Ancona DCCCXVII.
>> Qual omo ama di cor perfettamente,
>> Non à mai canosciensa nè misura.

Wie aber auch immer Amore seine Macht äussern möge, es kann ihn niemand der Parteilichkeit zeihen; ob Hoch oder Gering, ob Reich oder Arm, vor Amore sind alle gleich.

> Arnaut de Maruelh, MW. I 171.
>> Mas Ovidis retrais[6])
>> Qu'entrels corals amadors
>> Non a paratge ni ricors.[7])
>
> Ademar de Rocaficha, Breviari d'amor. 28571.
>> Amors a poder e vens
>> Paubres e manens;
>> Noi esgara re
>> Ei on si pausa no ve.
>
> Maestro Rinucino, D'Ancona. DCXXVIII.
>> E non cura ricor nè gientilia
>> Nè vasallagio nè segnor potente.

---

[5]) Im Breviari d'amor, wo diese Stelle citirt ist, steht nessis. (cf. Breviari d'amor 28630.)

[6]) Dass Ovid wirklich derartiges gesagt habe, ist mir nicht bekannt.

[7]) Bei Mahn: Non paratge i a ricors.

Pacino di Ser Filippo Angiulieri, D'Ancona. DCXXVI.

E non guarda paragio nè bieltate
Nè pesanza c'omo agia nè ricori.

Die Probleme des Ursprungs und der Wirkung der Liebe wurden von den Dichtern, welche dem dolce stile vorausgingen, ganz nach der Weise der Troubadours beantwortet. Anders verhielt es sich mit der Frage, welche das Sein und das eigentliche Wesen Amore's anging. Inbetreff dieses Punktes ist man in Italien frühzeitig anderer Ansicht gewesen, als in der Provence. Schon die Sicilianer, so sehr sie auch sonst in der traditionellen Manier der Troubadours befangen sind, gehen hier ihren eigenen Weg. Dabei prägt sich der dialektisch-sophistische Charakter der mittelalterlichen Scholastik in hohem Grade aus. Die aufgestellten Thesen sucht man mit Beweisen zu unterstützen, die der Gegner mit Beweisen zu entkräften. Ich spreche von einer Gegnerschaft, denn die Theorie, welche man vom Wesen Amore's entwickelte, wurde durchaus nicht von Allen gebilligt. Vorbereitet wurde dieselbe durch die allegorische Darstellung der Liebe und durch die den Romanen eigenthümliche Neigung zur Personifikation abstrakter Begriffe. Die personificirte Liebe steht in Italien in näherer Beziehung zum Menschen, die Bitten und Gebete, welche an Amore gerichtet werden, die Vorwürfe, mit denen man ihn auch gelegentlich überhäuft, sind hier zahlreicher als in der Provence. In der Provence wurde denn auch die Gottheit Amore's in der Theorie nie ausgesprochen; dass es in Italien geschah, beruht vielleicht darauf, dass hier bei den Dichtern als Gelehrten, Juristen, Staatsmännern und Theologen die klassische Tradition stärker wirksam war. Es handelt sich um die Entscheidung der Alternative, ob Amore in der That ein real existirendes Wesen sei, oder ob er sich nicht vielmehr psychologisch aus der Natur des Menschen erklären lasse. Diese letztere Ansicht hatten bisher die Provenzalen gehabt; die Italiäner hielten daran fest, bildeten aber daneben die Idee von der Gottheit Amore's aus. Dieses

Thema wird besonders in der Tenzone[8]) behandelt. So haben wir ein solches Streitgedicht von Jacopo Mostacci, Pietro della Vigna und Jacopo da Lentino.[9]) Jacopo Mostacci sendet an Pietro ein Sonett, um Aufschluss über das Wesen Amore's zu erlangen, und erklärt sich zu gleicher Zeit dahin, dass Liebe kein für sich existierendes, kein reales Ding sei (Però ch'Amore non per sè mi pare). Pietro dagegen vertheidigt die Realität Amore's: „Weil man Amore nicht sehen und sinnlich nicht wahrnehmen könne, so seien Viele der thörichten Meinung, dass er gar nicht existiere. Aber da er sich bemerkbar mache im innersten Herzen, die Leute beherrschend, so verdiene er viel grössere Beachtung, als wenn er sichtbar in die Erscheinung träte." „E questa cosa", so schliesst er, „a creder m'invita, Che Amore sia; e dammi gran fede, Che tuttor fia creduto fra la gente." —

Der Notar endlich beruft sich auf den provenzalischen Gemeinplatz vom „Sehen und Gefallen". — Derselbe Jacopo da Lentino tenzoniert über den gleichen Gegenstand mit dem Abate di Tiboli (D'Ancona CCCXXVI — CCCXXX). Der Abt beginnt den Streit damit, dass er den Liebesgott in seiner Noth um Beistand bittet:

Oi deo d'Amore, a te faccio preghera,
Ca m'inteniate, s'io chero razone.

Das reizt nun den Notar zu einer heftigen Entgegnung, er klagt über die Dichter, die so gottlose Reden führen;

---

[8]) Siehe als Einzelgedichte die Canzone Chiaro Davanzati's, welche beginnt: Om che va per camino (D'Ancona CCXXXII, 25) und die folgenden Sonette: D'Ancona CCCLXXXV (anonym), DII dessen Verfasser Mastro Franciesco ist und DCCCXI, als dessen Autor Monte genannt wird. Die Canzone behauptet die Gottheit Amores, die Sonette leugnen sie.

[9]) Sie stehen bei Valeriano, (Poeti del primo secolo della lingua italiana Firenze. 1816) II. 208, I. 53, und I. 308. Dazu Monaci, Nuova Antologia 46, pag. 607.

nie könne sich die Göttlichkeit Amore's mit solchen eitlen Empfindungen vertragen:

> E Dio in vanità no vi pò stare.

Man höre also auf, in solcher Weise zu sündigen. — „Wenn Dich", so entgegnet der Abt, „Amore wirklich im Herzen getroffen hätte, so würdest Du nicht theologisch reden (mit keinen theologischen Bedenken kommen, non parleresti per divinitate), sondern Du würdest sicherlich glauben, dass Amore eine grosse Macht hat". — Notaro Giacomo schmäht dagegen die, welche ihre Empfindungen lügnerisch übertreiben und, wenn sie auch nur ein wenig verliebt sind, gleich auszurufen pflegen: „Madonna, wenn Du mich nicht erhörst, so sterbe ich, das schwöre ich Dir." Der Abate erklärt sich darauf befriedigt, macht dem Gegner Complimente und bittet um seine Freundschaft.

Aus dem Süden stammt auch eine anonyme Tenzone, sie folgt in der Handschrift gleich auf die vorige (d'Ancona CCCXXXI — CCCXXXII). Hier wird die Meinung geäussert, Amore, welchen die Leute „Herr" nennen, sei nur ein Name:

> Amore non è se non un nome usato.
> Però la gente n'è tutta 'n errore,
> Perc' ogn' omo per lui è dotato[10]).

Und die natürliche Entstehung dieser Empfindung wird mit dem provenzalischem Gemeinplatze von vedere und piacere erklärt:

> Tre cose sono in una concordanza,
> Che tengnono lo corpo in lor podere,
> Le quali segnoregiano lo core:
> Piacere e pemsare e disianza.
> D'este tre cose nascie uno volere.
> Laonde la gente dicie che sia Amore.

---

[10]) Vielleicht: Che per ogn'omo lui'e dottato = dass er von jedermann gefürchtet wird (ist der Irrthum).

Das Antwortsonett giebt der proposta vollkommen recht und leugnet ebenfalls die Existenz eines Liebesgottes; denn ein Gott kann nichts Übles wollen:

> Cà se Deo fosse non faciera reo,
> Cà 'n deitate è tutto dengno afare.

In Toskana wurden derartige Dispute weiter fortgesetzt. Jacopo Mostacci aus Pisa sahen wir schon mit zwei Sicilianern an einer Sonettenfehde betheiligt. Maestro Torisgiano aus Florenz giebt eine vernünftige Erklärung dafür, wie Amore zum Attribut der Gottheit gelangt sei (D'Ancona CDLXXXVI). Die Bezeichnung als Gott, sagt er, sei weiter nichts als eine Art hyperbolischer Ausdrucksweise für das, was uns durch seine Schönheit und Macht einen gewaltigen Eindruck hinterlasse:

> Chi nom sapesse ben la veritate
> Come l'Amor sia deo, ora lo 'ntenda;
> Di quante cose ne son nominate
> Per questo nome deo primera aprenda:
> Dette a natura deo la maestate,
> E dala forma par che 'l nome penda,
> E tal per graza, e tal per potestate
> Si chiama dio per simile vicienda.

Dass Amore aber wirklich Gott sei, wie der Dreieinige, das glaube niemand, es sei denn, dass er „Wunder träume". In einem zweiten Sonett (D'Ancona CDLXXXVII) klagt derselbe Dichter darüber, dass die irrige Meinung derer, die Amore Gott nennen, mehr gefalle, als die seinige; in Wahrheit aber ist Amore nur eine Empfindung der Seele:

> L'Amor di cui la gente canta e grida
> È un disio dell'arma, che pemsosa
> La tiene in gioia d'amor ove si fida.

Es sei schliesslich noch eine längere Tenzone erwähnt, in der je eine der strittigen Ansichten von Chiaro Davanzati einerseits, von Pacino di Ser Filippo Angiulieri anderseits mit grosser Hartnäckigkeit vertheidigt wird (D'Ancona DCLXX — DCLXXVIII). Bemerkenswerth ist dabei, wie man durch einen gewissen salbungsvollen Ton der Kontroverse einige Bedeutung zu geben sucht. So sagt z. B. Chiaro Davanzati (D'Ancona DCLXXII):

> C'Amore è Dio, e Dio è fermamento:
> Dumque chi crede sue vertute tante,
> Chi[11]) chiama Dio D'Amor non à pavento.

Pacino wundert sich, wie er sagt, über die verkehrte Auffassung eines so bedeutenden Mannes. Nicht wie Amore sei der wahre Gott, sondern ohne Schuld und Fehl:

> Cà s'elli fosse Dio vero posante
> I'llui non averebbe fallimento.

Doch Chiaro fährt beharrlich in seiner Weise fort, wobei er natürlich zwischen Liebe, wie sie das Evangelium lehrt, und sinnlicher Zuneigung keinen Unterschied macht:

> C'amare e Dio è tutta una figura.
> Se ciò nom fosse nom saria salvamento;
> Amar convien chi valentia vol pura.
> Dumque d'Amore Dio fue nascimento.

Das bemerkt nun der Gegner sehr wohl; er lässt sich deshalb von diesem Sophisma nicht beirren und macht Chiaro Davanzati geradezu sein oberflächliches Urtheil zum Vorwurf:

> Errar vi facie lo nom pemsamento;
> Chè Dio veracie à sua propia statura
> Ed è di ciascun bene il compimento.
> Ma già del vano amor non mette cura.

Und wie es sich nun darum handelt, diesem Argumente zu begegnen, da wird Chiaro freilich von seiner Weisheit im Stich gelassen. Indes er weiss sich zu helfen, indem er zum Repertoir der Troubadours seine Zuflucht nimmt und daraus hervorholt, was ihm grade als für seinen Zweck passend in den Sinn kommt:

---

[11]) Es wird wohl Di chiamar zu lesen sein.

> Amore imsegna altrui la cortesia
> E chi non vale sì lo fa valente;
> Da sè disparte orgoglio e villania
> Chi è donato a fino amor servente;
> Dumque è segnor con tanta libertate
> Che l'omo sengnoregia e dona presgio:
> Sì potem dire: in lui è deitate.

Es wiederholt sich nun das alte Spiel: Pacino warnt aufs Neue davor, fleischliche Lust und christliche Liebe mit einander zu verwechseln. Schliesslich stellt sich aber heraus, dass die Meinungsverschiedenheit beider auf einem Missverständnis beruht und dass Chiaro die göttliche[12]) und nicht die sinnliche Liebe gemeint hat.[13])

Was in derartigen Disputen auch immer auf beiden Seiten an Argumenten vorgebracht wurde, es war wenig mehr, als eine oberflächliche und sophistische Wortfechterei, ähnlich der der provenzalischen und altfranzösischen Partimente. Trotzdem aber entbehrte dieser Streit nicht ganz und gar, wie es scheint, einer realen Grundlage. Die Italiäner erstrebten hier in höherem Grade die Nachahmung der klassischen Autoren, hauptsächlich wohl Ovids. Der Gott Amor der Alten hatte zur Augusteischen Zeit bereits längst seine Ansprüche auf die gläubige Verehrung aufgegeben, die er in der Kindheit des römischen Volkes einst bei diesem genoss. In der Dichtung aber, in dem Gebiete der frei sich bewegenden Phantasie behauptete er seine Herrschaft. Die Italiäner nahmen den klassisch-mythologischen Apparat in ihre Dichtung auf, die Gestalt des Liebesgottes drängte sich in ihre Lyrik ein und hatte jene dialektischen Fehden im Gefolge. Einen beinahe komischen Eindruck macht es dabei, wenn ein Italiäner sich gegen die Einführung der Gottheit Amore's verwahrt. Es geschieht dies jedes Mal mit grosser Erbitterung und Entrüstung, mit einem nicht geringen Aufwande von frommer

---

[12]) Cf. pag. 2. Anmerkung 4.
[13]) Cf. Zeitschrift für romanische Philologie X, 586 f.

Gelehrsamkeit. Und doch eiferte man im Grunde nur gegen ein leeres Phantom, denn die Parteigänger Amore's waren von dessen göttlicher Würde ebensowenig überzeugt, traten aber für dieselbe, als für ein der Dichtung unentbehrliches Moment, ein. Freilich waren sie sich dieser Absicht nicht völlig bewusst, aber sie fühlten doch, was sie wollten, sie ahnten den Werth der Antike, die sich bald in Litteratur und Kunst ihres Vaterlandes geltend machen sollte. Auf der einen Seite zeigt sich das Bestreben, diese ursprünglich heidnische Vorstellung gänzlich zu beseitigen, auf der anderen, sie so gut oder so schlecht es anging, mit der christlichen Weltanschauung zu versöhnen. So sagen z. B. die Vertheidiger der Gottheit Amore's niemals: „Amore è un Dio", sondern „Amore è Dio" oder: „Amore in deità regna", wodurch sie wenigstens eine äusserliche Übereinstimmung mit der Bibel erzielen.

Die beste Aufklärung über die Bedeutung dieses Streites findet man, wie ich glaube, im 25. Kapitel der Vita Nuova, deren Verfasser sich noch veranlasst sieht, gegenüber etwaigen Bedenken zu erklären, dass, wenn er von Amore als von einem körperlichen Wesen spreche, dies eine dichterische Licenz sei, die man von der klassischen Poesie adoptiert habe und deren die Lyrik nicht entrathen könne. Dabei ist es Dantes Ansicht, wie so vieler Anderer im Mittelalter, dass die klassischen Dichter selbst die Mythe nur allegorisch verstanden wissen wollten. So oder ähnlich werden auch die tenzonierenden Lyriker gedacht haben, welche für die Gottheit Amore's Partei nahmen. Dass dieselben nicht wie Dante ihre Gründe theoretisch darzulegen versuchten, erklärt sich daraus, dass sie, wie gesagt, mehr das Bedürfnis, sich an die klassische Dichtung anzulehnen, fühlten, als sie es zu rechtfertigen wussten, und dass sie andererseits auch gar nicht die Absicht hatten, ihren dialektischen Gesprächen, welche sie so liebten, damit ein Ende zu machen, dass sie ihnen eine ernste Wendung gaben. — Dante bekundet hier trotz der Befangenheit, mit welcher er die Anschauungsweise der klassischen Dichtung zu vertheidigen sucht, durch die Definition der Allegorie und die Motivierung ihrer Existenzberechtigung ein für damalige Zeit hervorragendes Verständnis für das Wesen der antiken Poesie. Ich kann es mir daher nicht versagen, an dieser Stelle wenigstens den Versuch zu machen, den Dichter von einem Vorwurfe zu befreien, der ihm, wie mir dünkt, mit Unrecht gerade wegen dieses Passus der Vita Nuova von D'Ovidio [14]) gemacht wird. Derselbe sagt nämlich „.....Di pregiudizi teorici Dante restava ancora pieno; giacchè al capitolo venticinquesimo, commentando un sonetto ov' è personificato Amore, egli si ferma a spiegare che cosa sia la personificazione ed a giustificarne l'uso; e per tutta giustificazione egli dice che rimatori sono, fatte le debite proporzioni, quel che in latino furono i poeti, e quindi avendo questi fatte molte personificazioni, come si vede in Vergilio, Lucano, Orazio ed Ovidio, deve perciò esserne concesso l'uso anche ai rimatori volgari. Lasciando la servilità di questo ragionamento, egli dice poi etc. etc."

Wie D'Ovidio jene Worte ausser dem Zusammenhange mittheilt, sieht es nun in der That so aus, als ob Dante die Allegorie der Alten nur deshalb zur Nachahmung anempfehle, weil Vergil, Lukan, Horaz und Ovid sie anzuwenden liebten. Indes giebt ja Dante gleich darauf die Erklärung und Begründung der Allegorie und warnt ausserdem ausdrücklich davor, dieselbe nur um ihrer selbst willen als poetischen Zierath zu gebrauchen und ohne in ihr eine bestimmte Idee, wie er eine solche natürlich auch bei den römischen Dichtern voraussetzt, zu verkörpern. — Aus diesen Gründen kann ich der Kritik D'Ovidio's nicht beistimmen.

Wie die metaphysischen Probleme Amore's, so waren auch andere Liebesfragen Gegenstand der Tenzone. Es waren Angelegenheiten der Minne, wie sie auch in der provenzalischen Litteratur öfters diskutirt wurden. Hierbei

---

[14]) D'Ovidio, Sul de vulg. el. di Dante, Archivio glottologico II 72 ff. u. Saggi critici, Napoli 1879, pag. 351 ff.

handelt es sich noch viel weniger um einen ernsten Disput, in dem es darauf ankäme, sich über thatsächlich zweifelhafte Dinge Aufklärung zu verschaffen, sondern auch um Subtilitäten, in denen sich der litterarische Geschmack der Zeit gefiel. Und in der That, wäre von irgend jemand diesen Dichtern der Auftrag geworden, Vieles und zugleich Nichts zu schreiben, sie hätten sich seiner nicht besser entledigen können, als es geschah. Einzelne solcher Tenzonen sind schon bei Gaspary[15]) angeführt. Die Publikation D'Ancona's bietet deren noch mehrere; einige davon mögen hier Erwähnung finden:

Ein Ungenannter (D'Ancona CCCLXXXV) bittet um die Lösung einer Frage, die zu beantworten ihm unmöglich scheint. Er erzählt wie er dasitzt, das Haupt in die Hand gestützt, über sein Problem nachdenkt und doch nichts herausbekommt. Und was ist es, das ihm so viel Kopfzerbrechen macht? Die so oft debattierte Frage nach dem Ursprung und Sitz Amore's:

Oi Deo, com' volontier saver voria,
Onde mi nascie che sforza lo core
Ed ove sede in me tal sengnoria?

Das folgende Sonett scheint die Antwort darauf zu sein: Leidenschaft und Vernunft, einander widerstrebend, sind die Ursachen des seelischen Kampfes, über welchen der erste Dichter Aufklärung sucht.

Ser Cione (D'Ancona DXVI) möchte gern wissen, wie es kommt, dass man seine im innersten Herzen verborgene Neigung oft, ohne es selbst zu wollen, kundthut. Hierauf fehlt die Antwort; wäre sie vorhanden, sie würde gewiss nach dem Gemeinplatze lauten: Amore's Macht ist so gewaltig, dass er dem Menschen die Willenskraft raubt. — Sehr an die in der Provence üblichen getheilten Spiele (partimen; joc partit) erinnern diejenigen italiänischen Tenzonen, worin der einen Partei von der anderen die Entscheidung für eine von zwei Beantwortungen anheimgestellt

---

[15]) Gaspary, Die Sicilianische Dichterschule, pag. 98 f.

wird, wenn schon echte partimen in Italien äusserst selten sind[16]). Der eigentliche Charakter derselben bestand bekanntlich darin, dass der Streit um des Streites willen geführt wurde und dass eine Einigung also ausgeschlossen war. Der italiänische Dichter begnügt sich gewöhnlich damit, die gestellte Alternative nach der einen oder anderen Richtung hin entschieden zu sehen. So fragt (D'Ancona DCCCXXI) ein Anonymus den Bonagiunta da Lucca, wie er von der Liebe zu seiner Dame ablassen könne, deren Ungnade er sich durch üble Nachrede zugezogen hat, oder wie er ihr solche Worte sagen lassen könne, dass sie ihm wieder wohlgesinnt werde. Bonagiunta antwortet mit dem Gemeinplatz:

> Fino amante non vincie per dire,
> Ma serve e tacie, e quindi crescie amare.

Jener ist damit zufrieden.

In einem andern Sonett, dessen Verfasser ebenfalls nicht genannt ist (D'Ancona DCCLXXXIII), wird Bonagiunta gefragt, ob es besser sei, der geliebten Dame sich zu offenbaren oder nicht. Dieser entgegnet, das Erstere müsse man thun; denn wahre Liebe beruhe auf Gegenseitigkeit.[17]) — Wiederum anonym ist eine proposta, in welcher Pacino di Ser Filippo gebeten wird, Auskunft darüber zu geben, ob es vorzuziehen sei, in unerwiderter Liebe auszuharren oder nicht (D'Ancona DCCXCIX). Pacino versetzt: „Treue Liebe führt zum Ziel".[18])

Auch Guido Guinicelli aus Bologna, der eine neue Richtung in der Lyrik der Italiäner einschlägt, beschäftigt sich noch mit den alten Problemen, wenn er fragt, wo

---

[16]) Beispiele dafür Gaspary loc. cit. pag. 101.

[17]) Die Frage hat grosse Ähnlichkeit mit der, welche Bartolommeo Notajo an Bonodico von Lucca (Val. I 535) richtet. Die Provenzalen kannten dieses Thema ebenfalls. cf. Knobloch, Die Streitgedichte im Provenzalischen und Altfranzösischen, Breslau 1886, pp. 67 und 68.

[18]) Über dasselbe Thema in provenzalischen Tenzonen, cf. Knobloch, pag. 45.

Amore wohnt und wie er seinen Einfluss auf den Menschen geltend macht. Aber der Umstand, dass er sie in anderer, origineller Weise löst, unterscheidet ihn von den Dichtern der sicilianischen Schule. Indem er nämlich Liebe nur mit einem edlen Herzen für vereinbar hält, macht er alle die früheren trivialen Erklärungen zu nichte. Die Liebe ist Guido die nothwendige Konsequenz gewisser seelischer und durchaus tugendhafter Eigenschaften im Menschen, und ohne diese undenkbar. So nimmt er also im Gegensatze zu den Troubadours und ihren italiänischen Nachahmern gerade das als Ursache und Vorbedingung für die Liebe in Anspruch, was nach jenem eine Wirkung derselben sein sollte. Dass Liebe die Vorzüge des Ritters, das feine Benehmen des Höflings verleiht, davon spricht er überhaupt nicht mehr. Diese neue Richtung der Poesie hängt zusammen mit den neuen philosophischen Bestrebungen in Bologna. Doch es wäre vergeblich, diesen Zusammenhang hier im Einzelnen nachweisen zu wollen, weil Guido nicht sowohl den eigentlichen Inhalt der scholastischen Lehre in seine Dichtungen aufnimmt, als vielmehr den Geist, der diese Theosophie beseelte, in ihnen zum Ausdruck bringt. Darin besteht gerade der grosse Unterschied zwischen Guido Guinicelli, dem Meister der bolognesischen und Guido Cavalcanti, dem der neuen florentinischen Schule. Beide Elemente, Philosophie und Poesie in schöner Harmonie zu vereinigen, gelang aber nur einem Genie wie Dante. Die Kanzone, in welcher Guido Guinicelli seine Theorie am deutlichsten ausgesprochen hat, beginnt mit den Worten: Al cor gentil ripara sempre Amore. Augenfällig ist dabei der bewusste und absichtliche Gegensatz, in den er sich zu den früheren Lyrikern stellt. Die Liebe ist nach Guido Guinicelli, wie wir schon sahen, nicht wie jene behaupteten, etwas von aussen her in den Menschen Gelangendes, sondern eine von Natur ihm innewohnende Empfindung, die allerdings erst durch eine äusserliche Veranlassung wachgerufen wird. Damit wird also die Liebe als eine rein accidentielle Eigenschaft des Menschen geleugnet; sie ist vielmehr nach Auffassung des Dichters ein essentielles Attribut von cor gentile. Tief innerlich, instinktmässig fühlt der hochgesinnte Mensch den Drang zu lieben. Die Simultaneität von Amore und cor gentile wird durch die gleichzeitige Erscheinung von Feuer und Licht, von Sonne und Glanz erläutert. Diese These wird dann von ihm noch durch weitere Argumente, wobei er wiederum auf physische Vorgänge exemplificiert, auf negativem Wege zu erweisen gesucht. Die Wirkung der Liebe legt Guido weniger theoretisch dar; er zählt nicht nach provenzalischem Brauche alles Gute von Madonna kommende der Reihe nach auf, sondern schildert in begeisterten Worten den Einfluss, welchen die Geliebte auf seinen Seelenzustand auszuüben vermag. Wer sie erblickt, den überkommt ein Gefühl der Allmacht des Höchsten, eine ernste, feierliche Weihe. Darum wird, wenn er sie anschaut, sogar der Ungläubige gläubig, Gott selbst offenbart sich durch sie, sie ist ein Engelsbild (tenea d'angel sembianza), dazu berufen, dem Edelgesinnten das höchste irdische Glück, die Erkenntnis des Guten und Wahren zu vermitteln. Ercole (pag. 106) stellt in Abrede, dass Guido Guinicelli durch eine wirkliche Leidenschaft, wie er sie mit Recht bei Guido Cavalcanti voraussetzt, inspiriert gewesen sei. Überhaupt will es scheinen, als ob Ercole's ästhetisches Urteil über den florentinischen Guido zu viel, über den bolognesischen zu wenig des Lobes enthalte.[19] So sagt er z. B. in Bezug auf das Sonett: Chi è questa che vien ch' ogn' om la mira. „L'amore dà le parole al poeta" (cf. pag 139), während er von den ausdrucksvollen Terzinen des Sonettes von Guido Guinielli: „Voglio del ver la mia donna laudare" behauptet: „La chiusa . . . . per noi riesce fredda e senza interesse" (pag. 142). Aber gerade hier zeigt sich deutlich die Abhängigkeit des Ersteren von dem Letzteren, der nicht nur dessen Sprache spricht, sondern auch seine Gedanken theilweise wiederholt.

---

[19] Dies tadelte schon Gaspary in der genannten Recension.

Der Satz von Amore und cor gentile findet sich dann öfters bei den Schülern. So bei Onesto da Bologna (Casini XXXVI):[20]

> Quando 'gli appar amore prende loco,
> Gendo diliberato non dimora
> In cor che sia di gentilezza fora.

bei Cino da Pistoja (Casini LI):

> D'Amor puoi dire, se lo ver non cele,
> Ch'egli è di nobil cor dottrina ed arte.

Diese beiden Verse sind höchst charakteristisch für die Dichtweise des dolce stile nuovo; seine Wissenschaft und seine Kunst, sie beruhen auf der Liebe eines edlen Herzens. — Besonders aber begegnet dieses Schlagwort bei Guido Cavalcanti und Dante.

So der erstere (Ercole, canz. I):

> . . . . ancor di lui vedrai
> Che in gente di valor lo più si trova.

Ercole, canz. II:

> Quando 'l pensier mi ven ch'io voglio dire
> A gentil core de la sua vertute.

Ercole, son. XX:

> Sentir non po' di lu' spirito vile,
> Di cotanta vertù spirito appare.

Der Einfluss der zeitgenössischen Philosophie auf die Canzone Guido Guinicelli's hatte sich nur soweit geltend gemacht, dass der poetischen Individualität des Dichters immer noch ein genügender Spielraum gewährt wurde. Ganz anders spiegelt sich die Scholastik in der berühmten Canzone Guido Cavalcanti's: „Donna mi priega, perchè voglio dire." Hier findet sich nichts, was Anspruch auf poetischen Werth machen könnte, nichts, was Empfindung und Wärme des Gemüths verriethe. Aber G. Cavalcanti

---

[20]) T. Casini, Le Rime dei Poeti Bolognesi del sec XIII, Bologna 1881.

suchte auch darin seinen Ruhm nicht. Gleich zu Anfang sagt er uns, dass er sich nur an das gelehrte Publikum wende:

> Ed a presente conoscente chero,
> Perch' eo non spero ch'om di basso core
> A tal ragione porti conoscienza.

Denn all' die Fragen, deren Lösung er zu geben gedenkt, seien nur aufgrund einer „streng wissenschaftlichen Methode" zu erörtern:

> Chè senza natural dimostramento
> Non ò talento di voler provare . . . .

Wir empfangen also schon in der ersten Strophe, dem Prologe des Folgenden, den Eindruck, dass wir es mit einer kühl reflektierten und nüchternen philosophischen Abhandlung zu thun haben. Und so ist es auch; die damaligen Axiome der Psychologie dienen dem Verfasser als Norm. Was aber sonst immer nur für die Erläuterung und Vertheidigung kirchlicher Dogmen Verwendung fand, wird hier zu einem profanen Thema in Beziehung gebracht, und was bis dahin ausschliesslich Gegenstand der Prosa, und zwar der lateinischen Prosa geblieben war, dessen bemächtigt sich jetzt zum ersten Mal die Dichtung der Vulgärsprache.

Die Fragen, welche der Dichter beantwortet, sind dieselben, welche Guido Orlandi in die Form eines Sonettes eingekleidet hatte; sie lauten:

1. Wo wohnt Amore?
2. Was ist Ursache seiner Entstehung?
3. Was ist seine Eigenschaft (virtute)?
4. Was seine Macht?
5. Sein Wesen?
6. Jede seiner „Kundgebungen"?
7. Das Gefallen, welches ihm den Namen Lieben giebt?
8. Kann man Amore leibhaftig sehen?

All' diese Themata waren auch schon früher, die einen mit grösserer, die anderen mit geringerer Vorliebe von den italiänischen Lyrikern behandelt worden. Die Form der Lösung aber ist hier eine andere geworden, weil die Psychologie des Aristoteles im Dienste der Scholastik umgestaltend wirkte. Die 8 erwähnten Probleme werden nun, je 2 in einer der 4 folgenden Strophen, der Reihe nach beantwortet.

Strophe II[21]).

In quella parte dove sta memora
Prende suo stato sì formato, come
Diafan da lome, d'una scuritate
La qual da Marte[22]) vene e fa demora.
Elli è creato ed à sensato nome.
D'alma costume e de cor volontate.
Ven da veduta forma che s'intende,
Che prende nel possibile intellecto,

---

[21]) Der Versuch einer Übersetzung der schwierigen und zum Theil stark alterierten Canzone macht keinen Anspruch, stets das Richtige zu treffen; der italiänische Text ist nach Ercole gegeben.

[22]) Darüber Dino del Garbo, den hier Ercole citiert: Wer geboren ist unter der Konstellation des Mars im Hause der Venus, soll zur lussuria prädisponiert sein. Ercole macht dagegen den Einwand: „Ma è chiaro che il congiungimento di Marte con Venere non produce già l'amore ma una modificazione di questo sentimento che ha la sua origine in Venere." Die Abkunft Amore's als Sohnes des Mars und der Venus erhält indes mit Recht ihre astrologische Bedeutung aus der Konstellation dieser Gestirne. Boccaccio im Dantekommentar lez. 20, pag. 480 f. (ediz. Milanesi) sagt fast wörtlich dasselbe wie Dino del Garbo: „Perciochè, secondochè gli astrologi vogliono, e così afferma il mio venerabile precettore Andalo, (nämlich Andalo de Nigro, den Boccaccio in der Genealogia seinen Lehrer in der Astronomie nennt) quando avviene, che nella natività d'alcuno Marte si trovi esser nella casa die Venere in Tauro o in Libra, e trovisi esser signifactore della natività di quel cotale che allora nasce, ha a dimostrare, questo cotale che allora nasce dovere essere in ogni cosa venereo." Und darauf: E di questo dice Alì nel commento del Quadripartito, che qualunque ora nella natività d'alcuno Venere insieme con Marte participa, avere questo cotale participazione a concedere a colui chee nasce una disposizione atta agli inamoramenti e alle fornicazioni.

Come in subiecto, loco e dimoranza[23]).
In quella parte mai non à possanza[24]),
Perchè da qualitate non descende;
Resplende in sè perpetual affecto:
Non à dilecto, ma consideranza.
Sì che non pò là gire simiglianza.

In jenem Theile (der Seele), wo das Gedächtnis ist (d. h. dort, im Gedächtnis fixiert sich das Bild des geliebten Gegenstandes), nimmt er Ort (stato) und Aufenthalt (dimora), so gestaltet, wie ein durchsichtiger Körper vom Lichte aus einer Dunkelheit, die von Mars kommt, (d. h. wie ein durchsichtiger Körper, der an sich dunkel ist, aber zur Aufnahme des Lichtes prädisponiert, durch fremdes Licht erleuchtet wird, so wird eine gewisse Disposition des Menschen „eine bestimmte Dunkelheit", indem der Dichter im Bilde des corpo diafano bleibt, und zwar die, welche nach den Astrologen von Mars kommt, durch Amore entflammt. Wie das lume zum diafano, so verhält sich Amore zu jener Prädisposition, oscuritate.) Er ist geschaffen und hat den Namen Sinnlichkeit (und zwar) inbezug auf die Seele Veranlagung, inbezug auf den Geist Willen. Er kommt von einer gesehenen Gestalt, welche sich vergeistigt und welche in dem inteletto possibile, als gewissermassen in ihrem Subjekte Ort und Wohnung nimmt. In diesem Theile hat er keine Macht; er entstammt nicht von Qualitäten, (ist nicht irdischen Ursprunges);

---

[23]) Boccaccio loc. cit.: ... e poi da queste virtù sensitive è trasportato a quella spezie di virtù la quale è più nobile intra le virtù apprensive, cioè all' intelletto possibile.

[24]) Ercole liest pesanza. Doch handelt es sich hier um die Ohnmacht Amores gegenüber dem intelletto possibile. cf. Boccaccio loc. cit.: Quivi, cioè in questo intelletto possibile, cognosciuto e inteso quello che, come di sopra è detto, portato v'è, se egli avviene che per volontà di colui nel quale è questa passione (conciossiachè in essa volontate sia libertà di ritenere dentro questa cosa piaciuta e di mandarla fuori) questa cotal cosa sia ritenuta dentro, allora è fermata nella memoria la passione di questa cosa piaciuta, la quale noi chiamiamo Amore ovvero Cupido. (pag. 42.)

er lässt in sich erglänzen eine ewige Einwirkung (der int. poss. ist direkt von Gott ausgehend); er empfindet nicht Lust (der Sinne), seine Funktion ist das Denken (consideranza). Dahin kann daher nichts Ähnliches (nämlich Amore), gelangen (so Dino del Garbo). Also: der Inteletto possibile nimmt das sinnliche Bild auf, aber die Liebe hat hier keine Macht, sondern vielmehr in der Memoria.

Das Centralorgan der Empfindung ist auch nach Aristoteles das Herz. Die Sinneswahrnehmung erklärt er durch die Perception der in den äusseren Objecten vorhandenen Qualitäten (beim Gesichtsinn ist es die Farbe, welche percipiert wird). Mit der Sinneswahrnehmung eng verbunden ist die Einbildungsvorstellung (φαντασία), die psychische Nachwirkung der Empfindung (Aristoteles, De Anima III 3). Was aber Aristoteles von der Sinneswahrnehmung im Allgemeinen sagt, findet bei Guido Cavalcanti natürlich nur Anwendung auf den Gesichtssinn, auf den Anblick der Dame und dessen seelische Wirkung auf den Liebhaber. Das Bild vom transparenten Körper, welches Guido zum Vergleiche herbeizieht, stammt ebenfalls aus Aristoteles (De Anima II, 7).[25]

Strophe III.

Non è vertute ma da quella vene
Ch'è perfezione, che si pone tale[26],
Non razionale ma che sente, dico.
For di salute giudicar mantene,

---

[25] Die lateinischen Übersetzungen geben das griechische διαφανές (das Durchsichtige) mit diaphanum wieder: Lumen autem est actus huius diaphani, per quod est diaphanum. (Aristoteles, De Anima II, 7. pag. 48 (in einer alten Ausgabe von einem Marcus Antonius Ziwarra, Venetiis 1540.)

[26] Amore, obwohl selbst keine Fähigkeit der Seele, ist doch als das Produkt einer solchen Seelenfähigkeit aufzufassen, nämlich der vertù sensitiva, welche den Gesichtssinn in sich begreift; daher nimmt man ihn (fälschlich) für dieses Vermögen selbst. In „Che si pone tale" ist che meiner Ansicht nach als konsekutive Konjunktion und nicht als Relativpronomen aufzufassen.

Chè la 'ntenzione per ragione vale,[27]
Discerne male in cui è vizio amico.
Di sua potenza segue spesso morte,[28]
Se forte la vertù fosse impedita,
La quale aita la contraria via;
Non perchè opposta naturale sia,
Ma quanto che da buon perfecto tort'è[29]
Per sorte non po' dire om ch'aggia vita,
Chè stabilita non à segnoria:
A simel po' valer quand'om l'oblia.

[27] Ähnlich sagten auch die Troubadours, so z. B. Peire Raimon de Toulouse:
> Que lai on Amors s'enten
> Val foudatz en luec de sen.

cf. diesbezüglich pag. 14.

[28] Unter morte verstehe ich nicht wie Ercole den physischen Tod, sondern wie Nannucci (Manuale della Letteratura del primo secolo della lingua italiana, I pag. 285) den moralischen. Das folgt ja auch ganz deutlich aus den nächsten Versen. Dante in der Komödie braucht morte sehr häufig in diesem Sinne, wofür es wohl erst keiner Belegstellen bedarf. Umgekehrt verstand man unter vita das moralische Leben. Guillem de Cabestaing, Bartsch, Chrestomathie. 4. Aufl. Col. 75. v. 16 ff.:
> S'eu per crezensa
> Estes vas deu tan fis,
> Vius ses falhensa
> Intrer' en paradis.

[29] Diesen Vers erklärt Ercole so: Risponde il poeta ad una obiezione che gli potrebbe esser messa, se cioè si possa sapere quanto l'amore si sarà allontanato dal bene. E risponde che l'uomo, finchè vive, ossia mentre nutre in sè l'amore, non può dirlo." Das ergiebt doch einen sehr fragwürdigen Sinn. Ich fasse, wie aus meiner Übersetzung folgt, den durch quanto eingeleiteten Satz nicht als indirekte Frage auf. Zu ma quanto che = ma quanto ist vielmehr ein tanto als Correlativum zu ergänzen. Die Konstruktion also ist: Ma quanto tempo l'uomo da perfetto buono torto è, tanto tempo non può dire ch'aggia vita. Das folgende Chè stabilita non à signoria giebt die Begründung: Die Herrschaft Amore's braucht keine dauernde zu sein, sie kann vorübergehen, d. h. es kann eine Zeit kommen, wo der Mensch mit Recht von sich sagen darf, dass er wieder „Leben habe."

„Amore ist keine Fähigkeit, Potenz (der Seele), aber er kommt von derjenigen, welche eine Vollkommenheit ist, sodass er (selbst) für eine solche gilt, zwar für keine virtù razionale aber für eine virtù sensitiva. Ohne Rücksicht auf das Heil lässt er das Urtheilen stattfinden, denn Neigung gilt anstelle der Vernunft. Es unterscheidet schlecht der, dem das Laster wohlgefällt. Aus seiner Macht folgt oft der Tod, wenn etwa die Fähigkeit behindert wäre, welche die entgegengesetzte (dem Laster entgegengesetzte) Richtung fördert. Nicht dass diese contraria via, dieser Weg der Tugend, dem natürlichen entgegengesetzt wäre, aber solange der Mensch von dem vollendeten Guten abgewandt ist, kann er nicht sagen, dass er Leben habe; denn (dauernd) festgestellt ist ja seine (Amore's) Macht nicht; in gleicher Weise kann man, wenn man ihn vergisst, wieder Werth haben." — Amore ist also nicht als Produkt der Vernunft, sondern der Sinnlichkeit aufzufassen. Gewinnt letztere vollständig die Übermacht, so wird Liebe zum Laster; dann schweigen alle vernünftigen Regungen, und der Mensch ist nicht mehr imstande, das Gute vom Bösen zu unterscheiden, was seinen moralischen Tod zur Folge hat.

Hier begegnen wir der Aristotelischen Eintheilung in die verschiedenen Seelenvermögen, welche die Scholastik wieder in mannigfache Unterabtheilungen zerlegte (cf. Thomas von Aquino, Summa Theologiae I, LXXVIII). Der höchsten Fähigkeit, dem νοῦς (intelletto possibile) kommt die Herrschaft über die anderen Funktionen der Seele zu. Je nach dem Grade des Einflusses, welchen er auf die niederen psychischen Thätigkeiten hat, bestimmt sich der moralische Wert des Menschen (Aristoteles, De Anima III, 11). Guido, wie man sieht, verwirft die Sinnlichkeit an sich ebensowenig, wie Aristoteles.

Strophe IV.

L'essere è quando lo voler è tanto
Ch'oltra misura di natura torna:
Poi non s'adorna di riposo mai.

Move, cangiando color, riso e pianto
E la figura con paura storna;
Poco soggiorna: ancor di lui vedrai
Che 'n gente di valor lo più si trova.
La nova qualità move sospiri,
E vol che om miri in un formato[30]) loco.
Destandos' ira la qual manda foco.
(Imaginar non pote om che nol prova).
Nè mova già però ch'a lui si tiri,
E non si giri per trovarvi gioco,
Nè certamente gran saver, nè poco.

„Sein Wesen zeigt sich, wenn die Begierde so gross ist, dass sie über das natürliche Mass hinausgeht, dann hat er niemals Ruhe, er bringt das Antlitz verfärbend, Lachen und Weinen zu Wege und macht die Gestalt vor Furcht erzittern. Wenig ist er beständig. Auch wirst Du von ihm sehen, dass er in Leuten von Werth am häufigsten sich findet. Die neue Eigenheit ruft Seufzer hervor und will, dass man schaue in einen Vorstellungsort, erweckend die Gluth, welche Feuer entsendet. (Vorstellen kann sich ihn nicht, wer ihn nicht erprobt.) Und nicht mache er sich auf (der Mensch), sich zu ihm zu begeben, und wende sich nicht dahin, um Lust zu finden, noch grosses oder geringes Wissen."

Strophe V.

De simil tragge complessione sguardo
Che fa parere lo piacere certo:
Non po' coverto star quand'è sì giunto.
Non già selvaggie le bieltà son dardo[31]),

---

[30]) Formato = imaginato.

[31]) Grausame Schönheit erweckt keine Liebe. Einer der Pfeile Amores bedeutet die Verheissungen der Dame: ist diese nun unerbittlich, so ist ihre Schönheit, weil grausam, kein Liebespfeil. cf. pagg. 4 und 5.

Chè tal volere per temere è sperto[32]).
Consiegue merto spirito, ch'è punto.
E non si po' conoscer per lo viso
Compriso, bianco[33]) in tale obiecto cade.
E chi ben aude[34]), forma non si vede:
Dunqu' elli meno, che da lei procede
For di colore, d'essere diviso.
Assiso in mezzo scuro luce rade.
For d'ogne fraude dico degno in fede
Che solo di costui nasce mercede.

„Aus ähnlichem Blicke zieht er (entnimmt er) die Beschaffenheit, welche das (gegenseitige Gefallen) sicher scheinen lässt. Er kann nicht verheimlicht bleiben, wenn er sich so eingestellt hat. Aber nicht grausame Schönheit ist ein Pfeil; denn solch' Verlangen wird durch Furcht zerstört. Es erlangt Lohn ein Geist, welcher getroffen ist. Und nicht kann man ihn (Amore) erkennen, indem man ihn mit dem Gesicht wahrnimmt; denn in dieses fällt als Object das Weisse. Und, wer sich drauf versteht: die

---

[32]) Sperto nach Nannucci = sparito. So auch Ercole. Die Stelle, welche N. für seine Meinung aus Montemagno anführt, ist aus dem Zusammenhange gerissen:
Che farian negli ontosi tempi sperta
L'ira d'Apollo e'l fulminar di Giove.
Wenn nicht der Sinn es anders verlangt, kann man hier sperta = experta verstehen. In dem anderen Beispiele, welches er anführt: egli va sperto pel mondo, einer Redensart, die an einigen Orten der Toskona vorkommen soll und bedeutet: uno che va sbandito pel mondo ist doch wohl sperto = sperso, Particip von spergere (= lat. dispergere). Hier soll es gewiss ebenso heissen: tal volontà per temere vien sperto = disperso, distrutto. Das temere ist Wirkung der fredezza der Dame, weshalb die Liebe zu ihr zerstört wird. Freilich möchte man lieber ein anderes Verbum hier erwarten, denn temere ist ja gerade ein Charakteristikum des Liebhabers.

[33]) bianco = colore; ist eine metonymische Vertauschung des Begriffes „Farbe" mit einer besonderen Farbe.

[34]) aude cf. Nannucci: Chi ben aude (ode) vale a dire. chi ben conosce ed è scienziato: chi sopra di questo cerca.

Form sieht man nicht, also ihn noch weniger, welcher hervorgeht aus ihr ohne Farbe, von der Substanz getrennt. Sitzend im dunklen Medium nimmt er das Licht auf. Ohne allen Trug und würdig, dass man mir glaubt, sage ich, dass nur aus diesem Lohn entsteht."

Das Vorstellungsbild ist bei Aristoteles ohne alle materiellen Eigenschaften; Guido identificiert dasselbe mit Amore selbst.

Vergleicht man mit diesen Beantwortungen der einzelnen Fragen das, was die älteren Lyriker über Amore gesagt, so wird ersichtlich, dass Guido Cavalcanti wirklich originelle Ideen nicht zutage gefördert hat. Die Lösung der früheren Probleme erscheint allerdings verändert, aber nur äusserlich, besonders in der scholastischen Terminologie.

Bemerkenswerth sind die Analogien, welche dieses Gedicht zu der im Eingange erwähnten provenzalischen Kanzone von Guiraut de Calanson bietet. Dieser handelt gleichfalls rein theoretisch von der Unsichtbarkeit der Minne, von dem Charakter jener Leidenschaft und von ihrer unwiderstehlichen Allgewalt. Der Verfasser widmet auch einer Dame sein Werk, das mehrfach kommentiert wurde und daher ebenfalls seiner Zeit eine grosse Berühmtheit gehabt haben muss.

Was Guido in dieser Kanzone theoretisch auseinander gesetzt hatte, er brachte es in anderen Gedichten praktisch, wenn ich so sagen darf, zur Anwendung. All' diese unheilvollen Wirkungen der Liebe erlebt er nun an sich selbst oder giebt sich wenigstens den Anschein, sie an sich zu erleben. Der Drang, die psychischen Erscheinungen der Liebe näher zu erkennen und zu ergründen, ist zwar immer noch bemerkbar, aber schliesslich verfällt er doch wieder in den alten Fehler seiner Vorgänger, die seelischen Vorgänge zu konkretisieren und gleichsam aus den Menschen herauszusetzen. So lässt er eine ganze Schaar von Geistern erscheinen, welche die mannigfachen Affekte repräsentieren sollen, und zu denen sich der menschliche Leib wie eine todte, empfindungslose Masse verhält, in die erst durch die Aktion dieser spiriti d'amore Leben und Bewegung kommt. In Sicilien und Toskana hatte man vordem gewöhnlich die Regungen des Gemüthes auf die Thätigkeit ein und desselben Wesens, Amore's, zurückgeführt, Guido will subtiler und eingehender verfahren; er nimmt eine ganze Anzahl solch' abstrakter Wesen an, die alle im Dienste ihres Gebieters Amore stehen. Aber welcher Unterschied ist im Grunde zwischen der alten und neuen Doktrin? Guido sagt (Ercole son. VII):

>Voi, che per li occhi mi passaste al core
>E destaste la mente che dormia,
>Guardate a l'angosciosa vita mia,
>Chè sospirando la distrugge Amore.

Oder (Ercole son. VI):

>Un amoroso sguardo spiritale
>M'a renovato amor, tanto piacente,
>Che assa' più che non sol ora m'assale
>E stringemi a pemsar coralemente.

Unser Dichter verschmäht es auch, Abstrakta wie vergogna, paura, dolore u. s. w. zu gebrauchen, er zieht es vor, von einem spirito rosso, spirito pallido, spirito dolente zu sprechen. So erscheinen ferner der spirito amoroso, der spirito che ride und der spirito di gioja. Diese personificierten Empfindungen sprechen und handeln und führen gewissermassen ein Drama auf, dessen Gegenstand der Kampf der Leidenschaften im Liebenden ist. Das Abstruseste, was Guido in dieser Beziehung geleistet hat, finden wir in dem Sonett (Ercole son. XX):

>Pegli occhi fere un spirito sottile
>Che fa in la mente spirito destare
>Dal qual si move spirito d'amare
>E ogn' altro spiritello fa gentile

u. s. w., u. s. w.

Will der Dichter schildern, wie die Sehnsucht seine Sinne ganz und gar bewältigt, so sagt er: „die schwachen

Geister gehen fort" oder „sie fliehen" oder auch: „Madonna löst alle Geister in wilder Flucht." Unter den Geistern im Allgemeinen sind alle jene Prozesse zu verstehen, welche das psychische Leben ausmachen. Daher spricht Guido so oft von dem Tode, welchem er verfallen ist, seitdem er seine Dame gesehen hat. Zuweilen aber fehlt es hier doch nicht an ausdrucksvoller Empfindung. So heisst es z. B. in einem Sonett (Ercole son. I): „In dem Augenblick, wo meine Dame mich ihres Anblicks würdigte, schwebte ein Geist vom Himmel herab, um in meinen Gedanken sich niederzulassen. Und da erzählt er mir von Liebe so die Wahrheit, dass es mir dünkt, all' ihre Tugend zu sehen, wie wenn ich in ihr Herz hinabgestiegen wäre." Ähnlich äussert er sich noch in manchen anderen Gedichten, in denen er sich mit Guido Guinicelli und Dante in der spiritualistisch-mystischen Auffassung der Liebe begegnet.

Die Lyrik Dante's verbindet die von Guido Guinicelli und Guido Cavalcanti repräsentierten Dichtweisen des dolce stile. Guido Cavalcanti's Poesie war fast ganz in dem Formalismus der neuen florentinischen Schule untergegangen. Auch Dante war von ihrer grottesken Ausdrucksweise durchaus nicht frei, das beweist der Prosatext der Vita Nuova, und es zeigt sich auch in vielen der darin enthaltenen Gedichte. Allein bei Dante ward der Gebrauch solch' „dunkler, nur den Getreuen Amore's verständlicher Worte" (cf. Vita Nuova, cap. 14 am Ende) nie zur Manie, wie bei Guido. Und so sind es gerade seine schönsten und innigsten Lieder, in denen er sich am meisten davon emancipiert.

Dante besingt wie Guido Guinicelli die Platonische Liebe. Beatrice wird idealisiert und scheint kein irdisches Wesen mehr. Die Neigung zu ihr hat nichts Sinnliches und das Streben nach dem Besitz der Geliebten ist vollständig ausgeschlossen. Die Verehrung, welche die späteren Troubadours der Dame zollten, war gleichfalls eine Vergötterung derselben, aber eben dies bezeichnet schon den Verfall der Minnedichtung, denn die Liebe der Pro-

venzalen war ursprünglich sinnlicher Art und ihre Poesie
verlor erst allmählig immer mehr von ihrem wahren Inhalte.
Die hauptsächlichsten Vertreter der degenerierten provenzalischen Dichtung sind die Zeitgenossen Matfre Ermengau's, zugleich diejenigen, auf welche er sich vorzugs-
weise beruft, wenn er seinen etwas asketischen [35]) Ansichten
Gewicht verleihen will. Es ist das Eindringen der spiri-
tualistischen Denkweise des Christenthums, welche die Natur
verleugnet und in der Ertödtung des Fleisches triumphiert.
Ob die Liebesdoktrin Guido Guinicelli's und Dante's von
dieser späteren Dichtungsweise der Provenzalen beeinflusst
wurde, oder ob sie ihre Ideen selbstständig aus dem Geiste
der Zeit schöpfte, vermag ich nicht zu entscheiden. — Auch
Dante ergeht sich, wie seine Vorgänger, gern in der theo-
retischen Betrachtung der Liebe, die ihm im gleichen Masse
Gegenstand philosophischer Erörterung wie Quelle lyrischer
Empfindung ist. Wir denken hierbei nicht sowohl an die
philosophischen Kanzonen des Convivio, welche der Zeit
nach Beatrice's Tode angehören, als an einzelne Gedichte der Vita Nuova. So vertheidigt er in dem Sonett:
„Amor e'l cor gentil son una cosa" die von Guido
Guinicelli aufgestellte These und bequemt sich darin auch
zu den Gemeinplätzen, welche die beliebten Probleme Amore's
angehen. An anderem Orte (V. N. cap. 16) spricht er sich
über vier psychische Erscheinungen der Liebe aus, betreffs
deren er sich vorher noch nicht geäussert habe. Es sind
dies die von Guido Cavalcanti bis zum Überdruss be-
handelten Stadien des Seelenkampfes, den Amore verur-
sacht. Schliesslich findet sich auch bei Dante die Ge-
wohnheit, über Angelegenheiten der Minne zu disputieren.
Er verfasst ein Fragesonett, worin er über eine Vision
Amore's Aufklärung verlangt. Darauf wurden ihm, wie er
selbst sagt, viele Antworten zutheil (Vita Nuova cap. 3),
unter anderen die Guido Cavalcanti's, welche ihn eben-

---

[35]) Matfre Ermengau lässt zwar Liebe ohne Ehe noch gelten,
tadelt aber in dieser alle sinnliche Regung; seine Auffassung ist im
Vergleich zu der der alten Troubadours eine asketische zu nennen.

sowenig wie die übrigen befriedigte. Zu bemerken ist, dass es sich in diesem Falle nicht, wie es früher immer zu geschehen pflegte, um eine Herausforderung zu einem dialektischen Streite handelte, sondern, dass es dem Dichter wirklich ein Herzensbedürfniss war, die Auslegungen seiner Freunde über jene seltsame Erscheinung zu hören, welche ihm seine lebhafte Phantasie vorgespiegelt hatte.

III.
Die Lehre von der Kunst zu lieben.

Auch in der Aufstellung eines Systems von Regeln und Vorschriften für das Benehmen des Liebhabers zeigt sich die Fortsetzung der doktrinären Erotik der Troubadours bei den Lyrikern in Italien. Derartige Anweisungen finden sich zumeist in einzelnen Gedichten zerstreut und sind von denen, welche in der Provence beliebt waren, nicht verschieden. Der Liebende musste die Pflichten der Cortezia genau kennen und zu beobachten wissen. Es ist bekannt, wie die Verhältnisse des feudalen Lebens auch auf den Minnedienst übertragen wurden und wie sich dabei die Beziehungen zwischen Mann und Weib unter dem Gesichtspunkte des Dienens und Gehorchens einerseits und des Herrschens und Befehlens andererseits darstellten. Wie wenig die italiänische Poesie sich anfangs auch in dieser Beziehung von dem provenzalischen Einflusse zu emancipieren vermochte, ersieht man daraus, dass alle jene den Frauenkultus angehenden Ausdrücke, die einem italiänischen Publikum als etwas Fremdartiges erscheinen mussten, ohne Bedenken formelhaft und ganz mechanisch von den italiänischen Dichtern wiederholt wurden. So erklärt sich z. B. in Italien der Liebhaber ebenfalls für den Knecht und Mannen der Dame, den diese nach Belieben verschenken oder verkaufen dürfe. Die Gesetze des Minnedienstes machen dem Verehrer eine stete Demüthigung zur Pflicht und lassen den Launen der Angebeteten den freiesten

Spielraum. Obenan steht das Gebot der Ergebenheit und Geduld. Der Liebhaber darf nicht unwillig oder gar zornig werden, wenn es ihm auch noch so sehr schmerzen mag, dass seine Neigung unerwiedert bleibt, oder wenn er sieht, dass seine Dame ein koquettes Spiel mit ihm treibt. Daher sagt

Gaucelm Faidit, MW. II. 90:

> E qui vol de lieis gauzir,
> Sia de bela semblanza
> E sapcha amar e soffrir.

Rinaldo d'Aquino (D'Ancona XXXIII, 8):

> Null' omo credo c'ami lealemente,
> Che tema pene in ver sua donna c'ama.

Messer lo Rè Giovanni (D'Ancona XXIV, 34).

> E chi bene vuol fare
> Sì si de' umiliare
> Inver sua donna amare
> E fare conoscianza.

Guittone d'Arezzo (D'Ancona CDXXVIII):

> E' vuole esser l'om soferente bene
> Ver tutta noia che di ciò gli avengna,
> E quanto più la donna orgolglio tene;
> Più umil far la sua parola e degna.

Echte Liebe, hiess es ausserdem, sei ohne Leid und Ungemach undenkbar; derjenige wisse die Süssigkeiten der Minne nicht zu schätzen, welcher ihre Bitterkeit zuvor nicht erfahren habe.

Perdigon MG, MCCCCXIII.

> Ben aial mal e l'afan el cossir
> Qu'ieu ai soffertz longamens per amor,
> Que mil aitans m'en an plus de sabor
> Li ben qu'amors mi fai aras sentir.

Ser Monaldo di Sofena (D'Ancona CXCIV, 45).
>Chè tutor per lo male
>Conoscie om che'l ben vale;
>E ciò che dà martire
>Fa parer lo dolzore
>A chi lo gosta assai più savoroso.

Chiaro Davanzati (D'Ancona DCCXLV):
>Chè chi non dole nom sa che sia gioco.
>Ma chi dispiace sente lo piacere.

Gerade hierin haben jene Dichter manchen innigen Gedanken geäussert, und das Goethe'sche „Freudvoll und Leidvoll" würde uns bei ihnen wohl anmuthen, wenn es nicht zu häufig und gar zu monoton wiederkehrte.

So sprechen auch die provenzalischen und italiänischen Lyriker mitunter von der Wonne des Schmerzes, welche Idee ebenfalls der modernen Lyrik nicht fremd ist; aber indem dergleichen Aussprüche typische Gestalt annehmen und als Gemeinplätze begegnen, werden sie zugleich inhaltslos und unwirksam:

Aimeric de Pegulhan, MG. CCCXLIII.
>Car qui ama de cor non vol garir
>Del mal d'amor; tant es dolz per sufrir.

Guido delle Colonne (D'Ancona CCCV, 9).
>Ben èste affanno e diletoso amare
>E dolze pena ben si può chiamare.

Ausharren und Dulden werden den starren Sinn der Dame endlich in Mitleid umwandeln; deshalb darf der Anbeter niemals die Hoffnung verlieren und aufhören um Gnade zu flehen; denn die verdiente Belohnung wird nicht ausbleiben.

Peirol, MW. II, 14.
>Tan gen guiardona
>Si be se fai maltraire,
>Qui a lieis s'abandona
>Nilh es mercejaire.

Gaucelm Faidit, MW. II, 90.
>Amicx, quan se vol partir
>De si dons, fai gran efansa,
>Sitot no vol aculhir
>Sos precx a la comensansa;
>Qu'amors s'abriva e s'enansa
>Ab honrar et ab servir.

Pacino di Ser Filippo (D'Ancona DCCC).
>Perciò comsiglio che siate ubidiente,
>D'Amor servire non faliate tratto;
>Chè guiderdon n'avrete cierto.

Chiaro Davanzati (D'Ancona DCCLIV).
>Però non vo' partir da voi amare;
>C'Amor lo vostro cor po' far pietoso.

Derselbe (D'Ancona CCLI, 21).
>Chè molti savi già l'ànno aprovato.
>Che già perduto mai nom fù servire.

In dem Benehmen des Verehrers muss sich Schüchternheit und Furcht bekunden, da die Geliebte hoch über ihm steht.

Arnaut de Maruelh, MW. I 164.
>Que mielhs ama selh que prega temen,
>Que no fai selh que prega ardidamen.

Chiaro Davanzati (D'Ancona DLXXIV).
>Chi nom teme nom po' esere amante.

Zu den Kardinaltugenden eines echten Liebhabers gehörte auch die gegen die Dame zu beobachtende Diskretion. Daher ist das Gebot der Verschwiegenheit in Minneangelegenheiten einer der am häufigsten wiederkehrenden Gemeinplätze der provenzalischen und italiänischen Lyrik. Diese Dichtung betrachtete ja die Ehe als ein der Liebe feindliches Moment[1]) und sie feierte diejenige Leidenschaft

---
[1]) cf. Gaspary, Die Sicilianische Dichterschule, pag. 62.

als die einzig berechtigte, bei der eine Heirath von vornherein ausgeschlossen war, indem entweder die Dame an Rang und Ausehen weit über dem Verehrer stand oder weil sie bereits einen Gatten besass. Solche Verhältnisse verlangten natürlich doppelte Vorsicht. Namentlich sind es die Neugierigen, welche gern Herzensgeheimnisse zu errathen suchen, die sie nichts angehen; diese nahen sich oft mit gleissnerischen Worten unter dem Scheine der Freundschaft, um die Liebenden desto leichter auszuhorchen, und erzählen dann allenthalben, was sie erfahren haben und mitunter auch noch mehr. Daher gilt es, die Geheimnisse aufs Strengste zu wahren.

Arnaut de Maruelh, MW. I 162:
>Contrals lauzengiers enuejos
>Mal parlans, per qui jois delis,
>Volgra que celes e cobris
>Son cor quasqus dels amadors.

D'Ancona CCLXXVI, 29:
>Dapoich' amore è nato
>Nel core del amante,
>Alegro stea sanza vanitate,
>E zo tengna cielato
>Per ditto e per sembiante.

Chiaro Davanzati, D'Ancona DCCXL.
>E che guardiate deli mali parlieri,
>Che sovente ore l'amore inarrato
>Procacciansi di dar tormenti feri.

Und so ist überhaupt das viele Reden in der Liebe von Übel.

D'Ancona CCCXLIV:
>Quale amadore è prode e valente
>Nom si diletta in troppe cose dire.

D'Ancona CCCLXXXVIII:
>E non de' dire ciò ch'egli ave in core,
>Chè la parola non po' ritornare,
>E dala giente è tenuto migliore
>Chi à misura nelo suo parlare.

Nicht nur heimlich und schweigsam sein, heischt wahre Minne, sondern sie erfordert auch List und Verschlagenheit, wenn es sich darum handelt, die lästigen Späher zu täuschen oder auf falsche Fährte zu bringen.

Peirol, MW. II. 15.

> S'om ren mi demanda
> De mon dous desire,
> Amors mi comanda
> Vertat contradire.

Arnaut de Maruelh, MW. II 163.

> E ges ades non deu hom dire ver;
> Soven val mais mentirs et escondires.

Chiaro Davanzati (D'Ancona CCLIX, 7).

> Ch'è verità tenere
> Loco di danno et onta,
> E lo mentire pronta
> E vale tale fiata.

Daher stellt sich Messer Migliore degli Abati, um seine Dame vor übler Nachrede zu schützen, ganz so wie später Dante, als ob er eine andere liebe.

D'Ancona CCCXLV:

> Chè faccio vista d'amare e sembianti,
> E mostro in tale loco benvoglienza.
> Che giamai non vi sciese il mio coraggio;
> Per li noiosi falsi mai parlanti,
> Ch'enfra li fin amanti danno intenza;
> Non sanno onde move il mio alegraggio.

Dienen, Dulden, Hoffen, Fürchten und Hehlen also sind die Vorschriften, welche die Quintessenz des Minnedienstes bilden. Wer sie befolgt, heisst ein amans fis, verais, cortes, leals, sabens; bei den Italiänern fino, vero, cortese, leale, canosciente. Umgekehrt erhält, wer nicht in der geeigneten Weise um Minne wirbt, die Attribute: fals, disleals, nescies u. s. w.

Die Troubadours widmeten dem hier besprochenen Gegenstande auch ganze Kanzonen, welche wegen ihres dialektischen Inhaltes zur Gattung der ensenhamen zu rechnen sind. Eine vereinzelte Nachahmung dieser Gattung in Italien zeigt sich in einem Lehrgedichte der Liebe eines anonymen Verfassers, auf welches D'Ancona (LXVII) besonders aufmerksam macht. Es ist für uns von Interesse, weil es einer gewissen realistischen Färbung nicht entbehrt. Das Gebot des unterwürfigen Bittens und Flehens, die unbedingte Verehrung und Anbetung der Dame sind hier nicht ganz so in den Vordergrund gestellt, wie es bei den Troubadours gewöhnlich zu geschehen pflegte. Als Mittel, durch welche sich der Liebhaber Frauengunst erwerben und erhalten soll, werden Heiterkeit und Frohsinn, Scherz, Gesang und munteres Lachen anempfohlen. Sodann kehrt die bekannte Warnung wieder, in Gegenwart dritter Personen weder durch Blicke noch durch Worte die Geliebte zu kompromittieren, noch lästigen Spähern ihre Zuneigung zu verrathen.

Viele italiänische Sonette und Kanzonen weisen dann auf eine oder mehrere der bekannten Liebesregeln hin. Unter den Sonetten ist namentlich eins bemerkenswerth (D'Ancona CMXLIX),[2]) welches acht bestimmte Vor-

---

[2]) Otto comandamenti face Amore
A ciascun gentil core inamorato:
Lo primo che cortese in ciascun lato
Sia: e'l secondo, largo a tutte l'ore:

Non amar donna altrui è 'l terzo onore:
Religion guardar dal quarto lato:
Ben provedere porresi 'n su grato
È 'l quinto che de' l'omo avere in core.

Or lo sesto è cortese al mi' parere,
Chè d'esser credentier fermo comanda:
Col sette a presso, onoranza tenere

All' amorose donne con piacere:
Donandoci poi l'otto per vivanda,
Che ardimento ci dobiamo avere.

schriften nennt. Zwei davon sind den italiänischen Lyrikern nicht geläufig, nemlich das Gebot der Frömmigkeit und das der Freigebigkeit.

Die erste Epoche der italiänischen Litteratur hat auch eine vollständige Ars amandi des Guittone d'Arezzo aufzuweisen. Zwar ist auch in dieser eine Anzahl der konventionellen Ideen und Phrasen der provenzalischen Minnesänger wahrzunehmen, der Einfluss aber, unter dem sie entstand, ist ein anderer, und sie hat nicht den Charakter der Ritterlichkeit.

Ovids erotische Gedichte, namentlich seine Ars amandi waren von grosser Bedeutung für die mittelalterliche Liebespoesie[3]), insbesondere aber für die des nördlichen Frankreich. Der Autor hat in diesem Werke die Erfahrung eines vornehmen Römers der Augusteischen Zeit in galanten Liebesabenteuern niedergelegt. Um sich die bereitwillige, man möchte sagen enthusiastische Aufnahme zu erklären, welche das Gedicht bei dem Publikum des 12ten und 13ten Jahrhunderts fand, also zu einer Zeit, die an Sitten und Gebräuchen, an Geist und Bestrebungen von der Ovids so mannigfach verschieden war, muss man vornehmlich zwei Punkte beachten. Wie Gaston Paris[4]) bemerkt, hatte diese Schrift mit der mittelalterlichen Auffassung der Liebe in Frankreich das Wesentliche gemeinsam, dass sie mit Hintenansetzung einer zu Recht bestehenden Ehe den illegitimen Verkehr zwischen Mann und Weib in den Vordergrund stellte. Sagt doch Ovid selbst bei Beginn seines Werkes:

> Este procul, vittae tenues, insigne pudoris
> Quaeque tegis medios instita longa pedes,
> Nos venerem tutam concessaque furta canemus
> Inque meo nullum carmine crimen erit.
> (liber I, 31 ff.)

---

[3]) cf. Bartsch, Albrecht von Halberstadt und Ovid im Mittelalter, Quedlinburg 1861.

[4]) Romania XII, pag. 520.

Ein anderer Berührungspunkt war folgender: In der romantischen Poesie des Mittelalters galt die Liebe als eine Kunst, als eine Wissenschaft. Ovid nennt das Lieben gleichfalls eine ars; aber wie wenig gleichen sich bei ihm und bei den Romanen die durch dasselbe Wort bezeichneten Begriffe! Seine Ars amandi lehrt, welcher Mittel man sich bedienen und welche Fehler man vermeiden müsse, um ein ganz bestimmtes, positives Verlangen erfüllt zu sehen. Es handelt sich bei ihm darum, die Geliebte zu bethören, sie zu überreden oder zu überlisten. Im Sinne von List, Schlauheit ist daher bei Ovid das Wort ars stets zu nehmen. Eine wahrhaft innige Liebe, die noch andere als rein sinnliche Motive und Zwecke hat und dem mittelalterlichen Romanen als Urquell aller Tugenden erschien, lässt er ganz ausser Betracht. Vom Standpunkte der Franzosen und Provenzalen kann man daher recht eigentlich von einer Kunst zu lieben sprechen. Diese bestand ihnen darin, sich alles das zu eigen zu machen, wodurch man Frauengunst erwerben konnte. Frauengunst aber war bedingt durch die Befolgung aller Anforderungen der ritterlichen und höfischen Gesetze. Viele von den bei Ovid als gar wirksam anempfohlenen Mitteln mussten deshalb geradezu ein Verbrechen in den Augen des höfischen Dichters sein. Die Verschiedenheit der Anschauungen erkannte man indes auch hier nicht oder wollte sie wenigstens nicht erkennen, und man ahmte das Werk des römischen Autors nach. In der Provence existierte eine solche Nachahmung nicht; doch ist der Verfasser der in den Manuskripten von Cheltenham enthaltenen cour d'amor [5]) nicht ohne Beziehung zu dem Ovidischen Werke.[6]) Desgleichen lehnen sich einige der provenzalischen ensenhamen in einzelnen Punkten an Ovid an, ohne indessen jemals auf seine Frivolitäten einzugehen. In Frankreich wurde die Ars amandi

---

[5]) L. Constans, Les manuscrits de Cheltenham. III. La Cour d'amour in Révue des langues romanes 3 série 6.

[6]) Siehe Cour d'amour, v. 576 ff.

schon im 12ten Jahrhundert in die Vulgärsprache übertragen. Gaston Paris[7]) bespricht die verschiedenen Versionen. Zuerst hat Chrestien von Troyes eine Übersetzung versucht, die aber nicht mehr vorhanden ist. Eine Nachahmung des lateinischen Originals rührt von einem Maistre Elies her, der mit Weglassung aller ihm unverständlichen und nur auf römisches Leben passenden Einzelheiten das, was er beibehält, dem Geschmacke seiner Zeit anzupassen bestrebt ist. Ähnlich verhält es sich auch mit der Clef d'amor eines unbekannten Verfassers. Eine dritte, uns erhaltene Version ist von Jacques d'Amiens. Sie unterscheidet sich von den vorhergehenden wesentlich dadurch, dass ein grosser Theil des Werkes sich mit einem Gegenstande beschäftigt, für welchen das Muster bei Ovid gänzlich fehlt. Der Autor nimmt nemlich 3 Kategorien von Damen an, um deren Liebe man sich bewirbt, eine Dame von hohem Stande, eine von geringerer Herkunft und endlich ein junges Mädchen. Mit ihnen führt der Liebhaber allerlei Gespräche über die verschiedenen Angelegenheiten der Minne. Gaston Paris (loc. cit.) bemerkt, dass diese eingeflochtenen Liebesdialoge nicht speciell Jacques d'Amiens eigenthümlich sind und dass dieser die Idee dazu dem Buche des Andreas Capellanus[8]) entnommen hat, dessen Entstehung in den Anfang des 13ten Jahrhunderts zu setzen ist.

Nach diesem kurzen Rückblick auf die didaktische Liebespoesie in Frankreich wenden wir uns wieder zu Guittone d'Arezzo. Sein Werk muss entweder unter dem direkten Einflusse der Ovidischen oder einer seiner mittelalterlichen Bearbeitungen entstanden sein. Ehe wir diese Alternative zu entscheiden wagen, möge eine knappe Analyse dieses Gedichtes hier Raum finden. Dasselbe besteht aus einer Korona von 24 Sonetten (D'Ancona CDVI —

---

[7]) La poésie du moyen âge, pag. 189 ff.

[8]) Andreae Capellani Erotica sive Amatoria cum frugifera Amoris reprobatione a Detmaro Mulhero in publ. emissa. Tremoniae MDCXIV.

CDXXIX), welche zum Theil einen nur losen Zusammenhang unter einander haben, sodass die Entscheidung nicht immer leicht fällt, ob sie alle in derselben Reihenfolge vom Autor ursprünglich geordnet waren oder nicht. Guittone beginnt mit einer Einleitung (D'Ancona CDVI—CDVIII), enthaltend den Zweck seiner Schrift, ferner eine Definition der Liebe und eine Erklärung ihrer Wirkungen.[9]) Darauf geht der Verfasser zu seinem eigentlichen Gegenstande über: Zunächst muss der Liebhaber die Dame auf irgend eine Weise von seiner Zuneigung in Kenntnis setzen. Ist dies geschehen, so hat er zu beachten, welchen Eindruck er auf sie macht (D'Ancona CDIX.) Hierbei sind nun verschiedene Fälle möglich, nach denen sich das weitere Verhalten richten muss. Gefällt er der Geliebten, so mag er sich dessen freuen; doch ertrage er auch Schmerzen, wenn sie es heischt. Missfällt er jedoch, dann soll er dessen ungeachtet in Liebe zu ihr verharren, um Gnade flehen, ein kummervolles Antlitz zeigen und alle ihre Wünsche erfüllen. (D'Ancona CDX.[10]) Kein Anbeter kann sich über seine Dame beklagen, dass er nicht wenigstens insofern Glück habe, dass sie in irgend einem Blicke Wohlwollen zeigte; erfüllt sie auch nicht sofort sein ungestümes Begehren, so hat er sich doch zu hüten, das als Koquetterie oder Falschheit anzusehen, was nur eine durch Wohlanständigkeit und natürliches Schamgefühl bedingte Sprödigkeit ist (D'An-

---

[9]) Es sind dies die provenzalischen Gemeinplätze vom Gefallen und Wünschen und von der heilsamen Wirkung, die von Amore ausgeht.
D'Ancona CDVI:
  Amore un desiderio d'animo ène,
  Desiderando d'esser tenetore
  Dela cosa che più piaceli bene.
Und D'Ancona CDVII:
  Durcza, briga, contrado acidente
  Adimorar l'om fa senza amore:
  Amore fa cor vago e cor vertente.

[10]) Es ist das bekannte provenzalische Gebot der Demuth und Ergebenheit.

cona CDXI). Ist die Leidenschaft der Dame gering, ihr Verstand aber gross, so ist wenig auf die Erfüllung der Wünsche des Liebhabers zu rechnen. Desshab muss derselbe danach trachten, ihr Begehren zu spornen und ihre Bedenken zu beseitigen (D'Ancona CDXII). — Hat sich der Verehrer durch die Blicke der Angebeteten von deren Sympathien überzeugt, so tritt die Liebe in das weitere Stadium der heimlichen Zusammenkünfte (D'Ancona CDXIII). — Für das speciellere Benehmen gegen die Erwählte ist ferner deren Bildungsgrad und Rang massgebend. Es ist darauf zu achten, ob sie von höherer, gleicher oder geringerer Herkunft ist, als der Liebhaber (D'Ancona CDXIV). Nun folgt die Definition der Begriffe magio, pare und minore (D'Ancona CDXV)[11]. — Daran schliessen sich die Belehrungen rücksichtlich der Anreden an die verschiedenen Ständen angehörigen Damen (D'Ancona CDXVI—CDXVIII). Nur für diese 3 letztgenannten Sonette gilt aber jene Disposition, die in den folgenden (D'Ancona CDXIX—CDXXIX) enthaltenen Regeln und Vorschriften sollen, wie es scheint, auf jede der 3 Kategorien ohne Unterschied Bezug haben; sie geben eine Anzahl von mehr oder minder trivialen Betrachtungen über den weiblichen Charakter, dessen gründliche Kenntnis nach Ansicht des Verfassers mit Sicherheit die geeigneten Mittel und Wege finden lässt, den Liebhaber zum ersehnten Ziele zu bringen.

---

[11]) Hier substituiere ich der stark alterierten Lesart der Vatikanischen Handschrift den Text Valeriani's:

    Quella che'n convenente altro è maggiore
    È sovramaggio; e maggio è quella in ch'ene
    Ogni altro pare, già magior forzore,
    E quella ch'è minor par simel vene.

Das heisst: Die, welche in den anderen Dingen (ausser der Liebe) grösser ist (als der Liebende) ist „übergrösser" und die, die in allen andern Dingen gleich ist, ist doch inbezug auf die Liebe als höher stehend und stärker zu betrachten als der Liebhaber, und ebenso die, welche geringer in anderen, steht doch in der Liebe gleich.

Diese Inhaltsanalyse weist durch die Unterscheidung des Standes der Dame, welche, wie gesagt, bei Ovid nicht vorhanden ist, darauf hin, dass Guittone ebenso wie Jacques d'Amiens durch das Werk des Andreas Capellanus beeinflusst sein muss. Allein die Beziehung Guittone's zu ihm beschränkt sich auf die erwähnte Eintheilung nach Rangstufen. Und auch dazu hat Andreas nicht mehr als die blosse Idee geliefert. Guittone erspart sich die Dreitheilung des Standes des Liebhabers,[12]) überhaupt ist bei ihm alles gedrängter und kürzer dargestellt. Gemäss seiner Disposition schrumpfen die 8 langathmigen, in Replik und Duplik alle Grenzen der Minne berührenden Gespräche des Andreas zu 3 Sonetten zusammen, welche auch inhaltlich durchaus nicht die Wiedergabe, wenn auch vielleicht die verunglückte Nachahmung der Dialoge des Kaplans sind. Vergebens suchen wir hier nach einer Individualität der Vorschriften, jenachdem der Liebhaber dieser oder jener Dame den Hof macht. Ein jedes der 3 Sonette enthält als gute Lehren dieselben Gemeinplätze der Troubadours in wenig modificierter Form. Was die erwähnten cynischen Betrachtungen Guittones betrifft, so fehlen dieselben bei Andreas gänzlich; sie gehen, ob mittelbar oder unmittelbar ist nicht zu entscheiden, auf Ovid zurück. Die hier folgenden Parallelstellen dürften den Zusammenhang mit dem römischen Dichter zur Genüge darthun. Guittone gebrauchte gleich zu Anfang dieselbe einleitende Wendung:

---

[12]) 1. Qualiter debeat loqui plebeius plebeiae.
2. = = = plebeius nobili feminae.
3. = = = plebeius nobiliori feminae.
4. = = = nobilis plebeiae.
5. = = = nobilis nobili mulieri.
6. = = = nobilior plebeiae.
7. = = = nobilior nobili.
8. = = = nobilior nobiliori.

Eigentlich müssten es 9 Kombinationsformen sein. Der Verfasser hat die Rubrik nobilis nobiliori mulieri übersehen.

D'Ancona, CDVI:
>Me piacie dir com' io sento d'amore
>A pro di que' che men sanno di mene
>Secondo ciò che pone alcun atore.

Ovid I, 1 ff.
>Si quis in hoc artem populo non novit amandi
>Hoc legat et lecto carmine doctus erit.

Ganz besondere Vorliebe zeigt Guittone für gewisse Radikalmittel Ovids.

Ovid I, 613 f.
>Vim licet appelles; grata est vis ista puellis
>Quod iuvat invitae saepe dedisse volunt.

D'Ancona CDXIII:
>Cà per ingiengna e per forza mostrare
>Vol la donna che vegn' a tal mercato.

Ibid. CDXX:
>Chè per ferm' è ciò ch'io dissi sovra,
>Che la donna per forza e per inganno
>Vol mostrare che vengn' a tale ovra.

Ibid. CDXXIV.
>Chè se convento a ciò che vuol non vene,
>Sì la conduca al loco per ingiengno,
>C'a convento dà forza: pur convene
>Far ciò che vo' l'amante for ritegno.

Ueberhaupt scheint er für Ovidische Frivolitäten sehr eingenommen.

Ovid I 274.
>Haec quoque quam poteris credere nolle, volet.

D'Ancona, CDXIX.
>Donna vol sempre non dire e sì fare.

An einer anderen Stelle verräth sich eine schwächere Reminiscenz an Ovid. Man vergleiche zu diesem Zwecke

Ovid I 351, 352[13]); 370—372 mit D'Ancona, CDXXIV, 1—10.

Zweimal, so scheint es, hat sich Guittone darin gefallen, eigne Gedanken in das fremde Eigenthum hineinzutragen; wir können ihm wenigstens nicht nachweisen, dass er hier nicht selbständig verfahren sei. Das erste Mal handelt es sich darum, einen Vorwand zu finden, die Geliebte unter vier Augen zu sprechen, das zweite Mal, sie angeblich im Auftrage eines Anderen zu einem Stelldichein zu bewegen.

So haben sich in der Sonettenreihe Guittone's die Gemeinplätze der provenzalischen Lyrik mit Ovidischen Vorschriften gemischt.

Guittone hat sich auch sonst noch gern als Rathgeber der Liebenden aufgespielt, wie unter anderem in den Sonetten: D'Ancona CDLXV—CDLXX, welche möglicherweise ein zusammenhängendes Ganzes bilden sollen.

Fassen wir zum Schluss unserer Untersuchung das Resultat derselben in wenige Worte zusammen, so ergiebt sich Folgendes. Die italiänische Lyrik, indem sie an die der Provenzalen anknüpfte, verfolgte besonders diejenige Richtung derselben, welcher die Italiäner dasselbe Verständnis entgegenbringen konnten wie die Troubadours, nämlich die subtile und abstrakte Beobachtungsweise der Minnefragen. Wenig half es, dass Guido Guinicelli Gehalt und Form der überkommenen Dichtung neu belebte, denn dieselbe erstarrte bald darauf wiederum in dem Formalismus der neuen florentinischen Schule, deren Meister Guido Cavalcanti in seiner damals so berühmten Kanzone nur die alte Theorie im scholastischen Gewande darstellte. — Die in Italien stärker wirkende klassische Tradition, welche allmählig den mythologischen Gestalten der Alten den Eingang in die italiänische Dichtung ver-

---

[13]) Der Rath, die Dienerin der Geliebten sich zur Vertrauten zu machen, findet sich ebenfalls in der Cour d'amour.

schaffte, begann damit, die Idee des Liebesgottes in die Lyrik einzuführen, wobei die mittelalterliche Anschauungsweise auf mancherlei Schwierigkeiten stiess. Gemeinsam mit der provenzalischen Lyrik war der italiänischen auch die Eigenthümlichkeit, die Liebe als eine Kunst aufzufassen. Auch hier genügten bald die alten Vorbilder nicht mehr und Guittone d'Arezzo sah sich veranlasst, den Gemeinplätzen der Troubadours Lehren und Vorschriften der Ars amandi Ovids hinzuzufügen.

Druckfehler-Verzeichniss.

Man lese auf Seite 9, Zeile 14 dimora statt dimera.

= = = = 10, = 2 alles statt alls.

= = = = 11, = 22 dal statt dal,.

= = = - 18, = 25 provenzalischen statt provenzalischem.

= = = = 20. = 31 Repertoire statt Repertoir.

= = = = 23. = 26 Zierrath statt Zierath.

= = = = 31. = 6 po' statt pò.